지상의 양식

André Gide

앙드레 지드 지음 | 김붕래 엮음

문지사

나타나엘이여!

나의 이야기를 읽고 난 다음에는

이 책을 던져 버려라.

그리고 밖으로 달려 나가라

나를 잊어버려라.

1927년 7월 A·G

이 책 『지상의 양식』은 성서나 노자의 『도덕경』처럼
시의 형태로 구성된 산문체로 씌여져 있다.

지드 자신이 깊은 애정과 불만을 토로하고 있을 만큼
이 책은 그의 전 작품 중에서 가장 중요하게 평가받고 있을 뿐만 아니라
한 세대를 거쳐 오는 동안 젊은이들에게 많은 영향을 주었다.

> '이 작은 책에 씌여 있는 그 어느 내용보다도 그대 스스로가 모든 것
> 에 깊은 관심과 흥미를 가지도록 바라는 마음 간절하다.'

책의 첫말에서 밝히고 있듯이
모든 것에 대한 폭 넓은 관심과
행동의 지평선을 열어줌으로써 그들로 하여금
삶의 풍요함과 다양한 세계를 발견하게 하는 젊은이들을 위한 책이다.

시직인 간결한 문제로 젊은이들 특유의 열정과 욕망,
본능의 개방과 순간을 충족시키기 위한
이단적인 관능의 도취에 대해 타오르는 듯한 격렬함을 표현하고 있는가 하면
충족의 쾌감을 더욱 높이는 기다림과 갈증의 찬가들이 빛나고 있다.

앙드레 지드
지상의 양식

나타나엘이여!
이 세상 어느 곳에서나 신의 존재를 찾기 위해
방황하지 말라.
피조물마다 신을 간직하고 있지만,
그 어느 것도 신의 본 모습을 드러내보이지 않는다.
나타나엘이여!
인간이란 어둠 속에서 자기 손에 든 등불을 따라
길을 더듬어 가는 외로운 존재일 뿐이다.

이 작은 책을 쓰면서

나의 이 작은 책에 씌어 있는 그 어느 내용보다도 그대 스스로가 모든 것에 깊은 관심과 흥미를 가지도록 가르쳐 주기를 바라는 마음 간절하다.

'여기 지상에서 양분을 받은 과일들이 있다.'

* 코란 2장 23절 *

이것은 그대가 이미 나의 책 **지상의 양식**의 머리말과 마지막 구절에서 읽을 수 있었던 말이다. 또다시 그 말을 내 스스로 되풀이 할 필요가 어디에 있겠는가?

영혼을 부름 받은 자

나는 어떠한 겉치레나 수치심 없이 이 책을 쓰기에 열중했다. 그리고 때로는 본 적도 없는 미지의 고장들에 대한 향수, 한 번도 맡아본 기억이 없는 화려하지만 묵직한 향기, 어설픈 행동에 관한 작은 이야기와 아직 만나 보지 못한 그대 나타나엘의 모습을 상상으로 그림 그리듯 쓰고 있지만, 이 모든 것이 허위가 아니라는 사실을 고백하고 싶은 것이다.

나의 책을 읽게 될 나타나엘이여!

먼 훗날 그대가 가지게 될 또 다른 이름을 모르듯, 지금 나에게 필요한 것은 거짓을 모르는 아름다움이다.

나의 이야기를 읽고 난 다음에는 이 책을 서슴없이 던져 버려라. 그리고 밖으로 달려 나가라. 나는 이 책으로 하여 그대가 밖으로 뛰쳐나가고 싶은 강렬한 욕망을 일으켜주기를 바라고 있다.

언제 어디서든지, 그대의 도시로부터, 가정으로부터, 밀폐된 방으로부터, 그 사상으로부터 탈출하라.

만약 내가 영혼을 부름 받은 자라면, 그대를 인도하기 위해 나는 그대의 오른손을 잡았을 것이다. 그대의 왼손이 그런 사실조차도 알지 못한 사이 서로에게서 멀어지자, 그때 나는 되도록 빨리 잡았던 손을 놓아주며 말하였을 것이다.

'나를 영원히 잊어버리라'고.

영혼의 문을 닫을 때 고통이 머무릅니다.

신은 가는 곳마다 우리를 기다리고 있다

불완전한 인간은 저마다 신을 발견해야 한다고 생각하고 있다. 그러나 유감스럽게도 신을 만나 볼 수 있기를 기다리면서, 어디를 향해 기도를 드려야 할지를 모르는 존재다. 망설이다가 이렇게 마음 속으로 말한다.

"신은 가는 곳마다 우리를 기다리고 있으며, 결코 눈에 뜨이지 않는 그 분은 아니 계신 곳이 없다."

그래서 인간은 아무 곳에서나 무턱대고 무릎을 꿇는 것이다.

인간은 자기의 손에 든 등불을 따라 가는 존재다

나타나엘이여!
이 세상 어느 곳에서나 신의 존재를 찾기 위해 방황하지 말라.

피조물마다 신을 간직하고 있지만, 그 어느 것도 신의 본모습을 드러내보이지 않는다.

우리들의 시선이 그 위에 머무르게 되면, 어느 피조물이든 간에 우리로 하여금 신으로부터 등을 돌리게 하던가 순식간에 사라져 버린다.

나타나엘이여!

인간이란 어둠 속에서 자기의 손에 든 등불을 따라 길을 더듬어 가는 외로운 존재일 뿐이다.

인간은 행복하기 위해 태어났다

우리들이 자신의 삶에 흥미를 갖기 위하여 얼마나 많은 노력을 경주해야 하는 지 그대는 알 수 없을 것이다. 그러나 삶이 무섭도록 우리의 흥미를 끌게 된 지금은 세상만사가 다 그렇듯이 우리를 열광케 함을 곧 그대는 깨닫게 되리라.

'우리 인간이 행복하기 위해 태어났다는 사실을 모든 자연이 가르쳐 주고 있다.'

불행하게도 인간은 삶의 지평선을 알지 못한다

삶 의 길이 확실치 않음으로 하여 일생 동안 우리를 괴롭힌다. 그대에게 무슨 말을 해야 좋을까? 선택이란 생각하어 보면 무시운 결괴를 에감케 한다. 또한 의무가 길을 인도해 주지 않는 자유 역시 무서운 것이다.

그것은 지표를 잃은 낯선 고장에서 선택해야 하는 한 갈래의 외로운 길처럼, 인간은 나름대로 그 지점에서 자기 발견을 하지 않으면 생존을 잃게 된다.

그 발견이란 자기 자신을 위해 필요하다는 사실을 명심해야 한다. 그러므로 인간의 발길이 닿지 않은 아프리카 미지의 땅을 처음으로 밟는 발자취일지라도 아직은 불안감을 느끼게 하지 않는다.

그늘진 수풀이 우리를 향해 어두운 유혹을 해 오는 동안 아직도 마르지 않은 샘터의 꿈꾸는 듯한 신기루들……. 그러나 샘물은 우리의 욕망이 흐르는 곳에서 솟을 것이다. 왜냐 하면 낯선 지방은 순례자의 외로운 발길이 닿음으로써 존재하게 되는 것이며, 주위의 풍경은 차츰 여린 빛이 밝아지며 우리의 걸음 앞에 전개되는 것이니까.

하지만 불행하게도 우리는 지평선의 끝을 보지 못한다. 우리들 곁에 가까이 있는 사물일지라도 그것은 예고없이 변형되는 겉모습에 지나지 않다는 사실을 깨달아야 한다.

행복은 불행과 같은 길을 가는 동반자입니다.

욕망은 채워지는 법이 없다

욕 망에는 이득이 있고, 그 욕망의 만족에도 이득이 있
는 법이다. 왜냐 하면 욕망에는 증가되는 힘이 있기
때문이다. 진실로 그대에게 말하거니와, 니디니엘이여! 욕
망의 대상을 가진다는 것은 언제나 허망한 소유보다도 나를
풍부하게 하여 주었노라고 고백한다.

'욕망은 채워지는 법이 없다. 목표를 달성할 수 없기 때문
이다.'

사랑이란 빈 곳을 채워주는 순리이다

많은 감미로운 것들에 대한 사랑으로 나타나엘이여! 나는 나 자신을 아낌없이 소모시켰다. 그것들의 찬란한 빛은 끊임없이 태우던 사랑의 불길이었다.

그럴 때마다 나는 지칠 줄을 몰랐다. 모든 열정이 나에게는 사랑의 소모, 감미로운 낭비였던 것이다.

이단자들 중에서도 나는 동떨어진 의견들, 사랑의 극단적인 우회며, 엇갈리는 특별한 사고에 항시 마음이 끌리었다. 어떤 사랑이든 간에 내가 흥미를 느끼는 쪽은 남들과 다르다는 점이다. 그리하여 나는 공감이라는 예속되기 쉬운 감정을 추방하기에 이르렀다. 왜냐 하면 거기에는 공통적인 감동의 인식밖에는 보이지 않았기 때문이다.

나타나엘이여!

인간의 만남이란 공감이 아니고 사랑이어야 한다.

'사랑이란 빈 곳을 채워 주는 순리이다.'

평화스러운 나날보다는 비정한 삶을 선택하라

선악은 판단하지 말고 행동에 옮겨야 한다. 아름다운 사람은 선인가 악인가를 구별하지 말고 사랑할 일이다.

나타나엘이여!

나는 그대에게 열정을 가르쳐 주고 싶다.

평화스러운 나날보다는, 나타나엘이여! 차라리 비장한 삶을 택하라. 나는 죽어 잠드는 휴식 이외의 다른 안식을 바라지 않는다.

내 생전에 만족시키지 못한 모든 욕망과 정력이 사후까지 살아남아서 괴롭히게 되지 않을까 두려울 뿐이다.

기다리고 있는 모든 것을 이 땅 위에 아낌없이 털어놓고 나의 내부 깊은 곳에 더 바랄 것 없는 완전한 절망 속에서 죽기를 나는 염원한다.

목마른 영혼과의 대화

나타나엘이여! 아무도 그대에게 준 일이 없는 황홀한 기쁨을 나는 그대에게 전하고 싶다. 하지만, 어떻게 그대에게 주어야 할지 깊은 번민에 괴로워하고 있다.

그러나 한 가지 분명한 사실은 이 기쁨을 그대에게 꼭 전하고 싶다는 간절한 감정이다.

다른 어느 사람보다도 더 친밀하게 나는 그대에게 지상의 양식을 이야기해 주고 싶다.

그대가 이 책을 통해 지금까지 받은 계시보다도 더 많은 것을 찾기 위해 다른 책들을 펼쳤다가 다시 접고 목마른 영혼의 갈증을 달래기 위해 무엇인가를 끊임없이 기다리고 있을 무렵의 깊은 밤, 끝내 허전한 마음을 금치 못하여 그대의 열정이 슬픔으로 변하려는 그러한 시각에 나는 그대 곁으로 달려가고 싶다.

지금 나는 오직 그대를 위하여 이 짧은 영혼의 글을 쓰며,

적막한 시간을 감내하기 위해서 이 글을 쓰는 것이다.

　내가 쓰고 싶은 글의 내용은, 모든 개인적 사상과 감동까지도 뛰어넘어 원시의 밤처럼 너무나 풍요로워 그대 내부에서 환호하는 열정의 불꽃을 밝혀 그 속에서 만나보게 될 감동의 책이 될 것이다. 잠시라도 빨리 나는 그대 곁으로 달려가고 싶다. 그리하여 그대가 나를 사랑하기를 염원한다.

밝은 영혼은 빈곤한 삶을 치료해 줍니다.

나는 새벽빛으로 영혼을 씻는 순례자다

나는 너희들을 보았다. 동트는 무렵의 흰빛 속에 잠긴 광활한 벌판들이여. 아직은 잠들어 있는 푸른 호수들이여. 나는 너희들의 새벽빛으로 영혼을 씻는다.

신비로운 산들바람이 나의 육체와 영혼까지 어루만져 줄 때마다 미소 짓게 하였다는 사실,

나타나엘이여!

이것이 바로 내가 그대에게 지칠 줄을 모르고 이야기하고 싶은 열정이다. 나는 그대에게 침묵보다 더 아름다운 열정을 가르쳐 주리라.

만약 내가 그보다 더 빛나는 것들을 깨달을 수 있었다면, 나는 그대에게 틀림없이 전해 주었을 것이다. 미지의 그 어떤 것도 말하지 않았을 것이다.

인간은 미래를 예견하는 창조적 동물이다

누구에게나 신비할 만큼 가능성은 열려 있다. 만약에 우리의 과거가 현재에서 하나의 역사를 투영하지 않는다면, 현재는 미래로 충만할 것이다. 그러나 유감스럽게도 유일한 과거가 유일한 미래를 계시할 뿐 — 공간 위에 놓인 무한한 긴 다리처럼 우리들 앞에 단 하나의 미래를 던지고 있을 뿐이다.

'인간은 미래를 예견하는 창조적 동물이다.'

삶은 물이 가득 찬 유리잔과 같다

우리의 삶은 우리들 앞에 놓여 있는 물이 가득 찬 유리 잔과 같다. 열병을 앓는 환자가 손에 들고 마시고 싶어하는 그 작은 유리잔 말이다. 그는 단숨에 마셔 버린다. 열병을 치유하기 위해서 기다려야 한다는 사실을 뻔히 알면 서도 그 감미로운 유리잔을 입에서 떼어버릴 수가 없는 것 이다. 그토록 물은 잠시 시원하지만, 그러나 계속되는 열은 안타깝게 목을 태울 뿐이다.

신에 대한 찬양은 무서운 인내다

아, 얼마나 나는 밤의 차가운 공기를 들이마시고 있었던 것일까.

아아, 내 영혼의 투명한 창이여!

창백한 빛이 달에서 고요히 흘러내리고 있다. 안개가 드리워져 있어 마치 샘물인 양, 나는 그것을 입으로 마시고 있었다. 그 은빛을……

아아, 창이여!

얼마나 오랫동안 내 이마가 서늘한 유리창에 기대어 열을 잊으려 했던가. 타는 듯한 열로 하여 몇 번이나 침대에서 발코니로 뛰쳐 나가 드높이 넓고 고요한 밤하늘을 우러러보면, 내 욕망은 안개처럼 사라져버렸다.

지난날의 열정이여!

너로 하여 내 가난한 육체는 모두 탕진되고 말았다. 그러나 어린 영혼을 신으로부터 떼어놓아 아무 것도 남지 않는

다면 영혼이 떠나간 내 육체는 얼마나 고갈되고 메마를 것
인가.

나의 외곬으로 향한 신에 대한 찬양은 너무나 무서운 인
내였다. 나는 그 때문에 정신을 잃을 지경이었다.

그때 나의 정신적 친구 메날끄는 말했다.

"그대는 앞으로도 오랜 동안 불가능한 영혼의 행복을 추
구할 것이라고……."

성자란 죽음 같은 것, 때로는 심연처럼 어두운 존재입니다.

때로 인간은 심연처럼 어두운 존재이다

종잡을 수 없는 황홀한 하루하루가 지난 뒤에 – 아직은 친구 메날끄를 만나기 전의 일이었지만 – 어둠의 늪을 긴너는 듯한 불안한 기대의 시기가 찾아왔다. 너무나 무거운 졸음에 빠져 아무리 잠을 자도 편히 깨어날 수 없었다.

식사를 하자마자 다시 자리에 누웠다. 잠을 자고 났으나 심한 피로감에 젖어 겨우 눈을 떠야만 했다. 무슨 변모를 앞둔 것처럼 정신은 마비된 채 완전히 무방비 상태였다.

생명체의 은밀한 작업, 내면의 태동, 미지의 생명 창조, 난산, 몽롱한 의식, 기대감. 나는 번데기처럼 때로는 선녀처럼 잠을 잤다. 내 안에서 새로운 존재가 형성되어가는 내로 맡겨둔 채 방관하고 있었다. 그 새로운 존재는 이미 나와는 전혀 다른 개채였다.

모든 빛이 초록빛 물 속을 거쳐 오듯이 나무 잎사귀와 가지를 지나 나에게 때로는 빨리, 얼마 동안은 천천히 다가오고 스며 왔다. 술취함이나 심한 현기증과도 흡사한 몽롱하고 무기력한 자각. '아아! 나를 잊게 하는 발작, 어떠한 질병이든 간에 격심한 고통이라도 어서 와 주렴.'하고 나는 애원하였다.

그리고 나의 머리 속은 온통 무거운 구름이 뒤엉킨 뇌우로 가득 찬 하늘과도 같았다. 숨쉬기 조차 어려운 진공 상태에서 모든 것이 불안스러운 표정을 감추자, 울적하게 창공을 뒤덮어 가리고 있는 그 침침한 가죽 물자루를 찢기 위해서 번개불을 기다리고 있었다.

신 앞에서 인간은 예비동작에 불과합니다.

나무나 새는 미래에 대해 고민하지 않는다

앞에 보이는 황량한 길. 날개를 펼치고 목욕하는 바다의 새들. 내가 살아야 할 곳은 바로 여기다.

내가 붙들려 있는 곳은 숲 속의 나무와 잎새 그늘, 떡갈나무 아래의 깊은 동굴. 토굴집은 너무나 춥다. 나는 너무 지쳐 있었다.

지금 골짜기는 어둡고, 언덕은 높아 하늘이 가깝고, 나뭇가지의 슬픈 울타리 가시덤풀 위로 찬바람이 넘는다. 이곳은 즐거움이 없는 고독한 나만의 거처였다.

어둠이 밤으로 내리면 비로소 모든 길(여정)의 가치와 생활에 지친 사람들의 노고를 이해하게 될 것이다. 그리하여 다시 날이 밝으면 나무나 새는 미래에 대해 고민하지 않는다는 깨달음을 얻게 될 것이다.

기다림은 욕망의 굶주림이다

나타나엘이여!

그대에게 기다림에 대해서 길고 먼 이야기를 해주고 싶다.

나는 보았다. 여름 벌판이 끊임없이 기다리는 모습을. 조금이라도 비가 내리기를 기다리는 마음을.

길 위의 먼지는 너무나도 가벼워서 바람이 일 때마다 뽀얗게 날렸다. 그것은 이미 욕망이라기보다는 차라리 조바심이었다.

대지는 더 많은 수분을 빨아들이려는 듯이 말라 터지고, 들판의 꽃향기는 더 이상 견디기 어렵다는 듯한 지친 모습이다. 이제 생명을 가진 모든 것이 불타고 있는 태양 아래서 넋을 잃고 있었다.

우리들은 매일 오후가 되면 테라스 그늘 밑으로 가서 눈부신 태양빛을 피해 휴식을 즐겼다. 바야흐로 화분을 지닌

송백과 식물은 더 이상 견딜 수 없다는 듯 번식을 위해 작은 씨앗을 멀리 퍼뜨리려고 가지를 힘껏 흔들고 있는 때였다.

그러자 하늘에는 비구름이 몰려들고 숲과 나무, 산과 바위는 뭔가를 끊임없이 기다리고 있었다. 온갖 새들조차도 소리를 죽이는 엄숙한 순간 메마른 땅으로부터 흙바람이 불어오면서 모든 것을 무너뜨리려는 기세였다.

송백류 화분에서 황금 연기처럼 꽃가루가 쏟아졌다. 그러자 비가 내리기 시작했다.

고통으로 하나의 불을 켤 때 기쁨의 문이 열립니다.

낮은 밤을 기다리는 예감이다

나는 불투명한 하늘이 여명의 새벽을 기다리며 회색으로 떠는 모습을 보았다. 하나씩 하나씩 별들이 꺼져 가고 있는 동안 목장은 찬 이슬에 젖은 채 아침 준비를 서두르자 공기는 싸늘한 애무의 촉감만을 남겨 놓았다.

얼마동안 불분명한 삶이 졸음에 못 이겨 눈을 뜰 생각이 없는, 피로가 가시지 않은 내 머리 속은 아직까지 혼수상태가 계속되고 있었다.

나는 숲이 내려와 있는 기슭 언저리에서 발걸음을 멈추었다. 이제 짐승들은 날이 곧 밝을 것이라는 확신과 기대감에 넘쳐서 다시 움직이며 즐거움을 찾고 있었다. 그리고 삶의 신비가 나뭇잎 사이로 안개처럼 퍼져 나오기 시작하자, 곧 날이 밝았다.

그때 나는 또 다른 새벽의 얼굴을 보았다. 그러자, 밤의 기다림을 예감했다.

신과 행복은 순간 속에서 찾아야 한다

나타나엘이여!

기다리지 않는 것은, 오직 신뿐이다. 신을 기다린다는 긴절함, 나타나엘이여! 그대가 이미 신을 가지고 있다는 사실을 깨닫지 못했기 때문이다.

신을 갖는다는 것은 신을 본다는 뜻이다. 그러나 많은 사람들은 신을 보려고 하지 않는다.

신을 행복과 구별하지 말라. 그리고 그대의 행복을 순간 속에서 찾으라.

인간이 소유한 재산이란 꿈의 조각들이다

마치 동양의 창백할 여자들이 자신의 재물을 몸에 지니고 다니듯이, 나 역시도 모든 재산을 몸 속에 지니고 있었다. 내 생애의 사소한 순간에도 나는 내가 가지고 있는 재산의 총체를 소중하게 느낄 수 있었다.

나의 재산은 여러 가지 특별한 물건이 모인 것이 아니라, 한결같이 열애로 이루어진 것들이다. 나는 언제나 재산을 내 힘으로 행사할 수 있도록 간직한 꿈의 조각들이었다.

'걷고 싶은 욕망, 거기에 길이 열리고, 쉬고 싶은 욕망, 거기에 응답이 있다.'

현자란 넓은 사막과 같은 존재다

마치 하루가 그 곳에서 종말을 고하듯 저녁을 바라보아라. 그리고 만물이 거기서 탄생하듯이 아침을 바라보아라.

'그대의 눈에 비친 것이 순간마다 새롭기를.'

현자란 모든 것에 경탄하는 정의로운 사람이다. 그러나 그는 넓은 사막과 같다. 그래서 그들의 내부는 작은 오아시스와도 만날 수 없을 만큼 공허하다. 어쩌면 그토록 예사로운 사람, 실은 이 세상에서 드문 인간 정신을 소유한 사람이다.

그들은 사막을 작은 배로 항해하는 영혼의 나그네이다.

책은 거대한 공간이다

네 푼짜리의 값어치도 못 되는 책들이 있는가 하면 엄청나게 값진 유명한 책도 있다. 왕과 왕후의 이야기를 쓴 책이 있는가 하면, 가난한 사람들의 슬픈 이야기를 전하는 책도 있다. 정오의 팔랑거리는 나뭇잎 소리보다도 더 부드러운 말로 된 책도 있다.

짱이 파트모스란 섬에서 쥐처럼 먹기도 했다는 책도 있지만, 나는 산나무 딸기 맛이 나는 책이 더 좋다. 그 책 때문에 그의 오장육부는 쓰디 쓴 맛으로 가득 차서 그 후부터 많은 환상을 보았다고 한다.

나타나엘이여! 그 모든 책을 언제 우리들은 불살라 버리게 될 것인가! 바닷가의 모래가 부드럽다는 사실을 책에서 읽는 것만으로 만족할 수 없다. 나의 맨발이 그것을 느끼고 싶은 것이다. 먼저 감각이 앞서지 않은 지식은 일체 나에게는 소용이 없다.

불행한 삶은 사랑이 머물 자리가 없다.

인생에 있어서 가장 훌륭하고 아름다운 것이 무엇인지는 알 수는 없지만, 그것을 정의하고 묘사하기란 쉬운 일이 아니다.

인간의 불행한 삶의 역사가 시작된 이후 진실하게 표현하고 아름다운 향기가 되기를 염원한 사랑을, 또 우리의 내부에서 행동에까지 실현해야 했던 사랑을 무의미하게 말로만 표현하고 지내온 덧없는 시간의 흐름에 있었음을 깨달아야 합니다.

위대한 사랑의 말은 우주 창조와 함께 오랜 동안 전래되어 왔다. 또 헤아릴 수없이 많은 사랑의 노래가 불리워졌고 신에게 빈치는 경건한 음악이 사원과 교회 등에서 사금노 끊임없이 울려 퍼지고 있다.

사랑의 이름으로 행해지지 않는 것이 있겠는가? 그러나 불행한 삶에는 사랑이 머물 자리가 없다.

신은 삶과 죽음을 동시에 주었다

아 나타나엘이여! 머리가 피로한 것은 오로지 잡다한 그대의 재산 때문이리라. 그 '모든 것 중'에서 어느 것을 좋아하는지 그대는 모른다. 그대는 자신의 삶이 유일한 재산이라는 사실을 깨닫지 못하고 있다. 삶이 가장 짧은 순간일지라도 죽음보다 강하다. 죽음은 모든 것이 새로워지도록 하기 위해 다른 삶을 허용하는 과정에 불과할 뿐이다. 어떠한 형태의 삶이라도 자기를 표현하는데 필요한 시간보다 더 오래 죽음을 붙잡아 두지 못한다. 죽음에는 미래가 없다. 오직 어둠뿐이다. 죽음 앞에서 모든 것은 완벽하다. 신은 삶과 죽음을 똑같이 주었다.

봄은 자연의 마술사다

이 지상에서 가장 아늑하도록 아름다운 것에 대한 나의 깊은 애정이 닿지 않은 것이 없다. 빛나는 아름다운 대지여, 그대의 겉모습은 피어나는 꽃들로 하여 마치 잔칫날처럼 흥겹다.

오, 내 욕망의 그림자가 펼쳐져 있는 풍경!

나의 탐색이 나비처럼 날아다니는 활짝 열린 고장, 물 위에 늘어진 파피루스 나무를 따라 뻗어간 작은 길. 강기슭에서 물결치는 갈대들. 숲 속에 트인 꿈같은 빈 터. 나뭇가지 사이로 몰래 나타나는 연초록 벌판, 누군가와의 무한한 약속.

나는 시골 학교의 복도만큼이나 적막한 바위 또는 초목들판 사이로 뚫린 길을 거닐었다. 그때 갑자기 눈앞에 마술처럼 펼쳐진 봄을 보았다.

일을 통해 얻는 기쁨은 노동의 완전한 행위다

완전한 행위는 쾌락을 동반한다. 쾌락을 통해 완전한 행위가 이루어져야 한다고 그대는 생각할 것이다. 나는 고통스럽게 많은 일을 하였다는 것을 자랑으로 여기는 사람들을 좋아하지 않는다.

왜냐 하면 고통스러웠다면 다른 일을 하는 편이 훨씬 적절하기 때문이다. 노동을 통해 얻은 것은 완전한 삶의 대가이며, 그 일로 얻는 기쁨은 노동의 완전한 대가이며, 그 일은 자신에게 적합하다는 표현이다. 나의 성실한 행위가 가져다주는 쾌락은 가장 중요한 삶의 길잡이다.

미래 속에서 과거를 찾는다는 것은 불행이다

나타나엘이여!, 과거의 물을 다시 맛보려고 더 이상 애쓸 필요가 없다. 미래 속에서 과거를 다시 찾으려고 헛된 노력을 하지 말라. 순간마다 찾아오는 새로운 삶의 모습을 보아야 한다.

그리고 그대의 기쁨을 미리 준비하지 말라. 차라리 준비되어 있는 곳에서 또 다른 기쁨이 그대 앞에 나타나게 되리라는 것을 예감하라.

행복은 우연히 찾아오거나 마주치는 그림자와 같아서, 그대가 노상에서 자주 만나는 사람들처럼 순간마다 나타난다는 사실을 어찌하여 깨닫지 못한단 말인가.

하지만, 그대가 꿈꾸던 행복은 그런 모습이 아니었다. 그런 이유로 그대의 행복이 사라져 버렸다고 생각하고 있다면, 오직 그대가 바라는 소망에 맞는 행복을 인정하지 않는다면 불행이 찾아올 것이다.

내일의 꿈은 하나의 기쁨이다. 그러나 내일의 기쁨은 오늘과는 전혀 다른 기쁨이다. 그리고 자기가 품었던 꿈과 비슷한 것은 이 세상에 존재하지 않는다. 왜냐 하면 사물마다 제각기 다른 가치를 지니고 있기 때문이다.

고통의 길목에는 푸른 하늘이 보이지 않습니다.

실존은 바로 내 모습이다

어제도 이곳에 있었고,

오늘도 여기에 있다.

도대체 이 많은 사람들이

나와 무슨 상관이 있는가.

그들은 말하고 또 말한다.

어제도 이곳에 있었고,

오늘도 변함없이 여기에 있다고……

행복을 사색하는 사람은 아름답다

그대가 기쁨을 얻기 위해서는 그 대가를 치루어야 사색의 권리를 얻을 수 있다는 사실을 깨닫게 될 것이다. 자기 자신이 행복하다고 생각하며 사색하는 사람은 자기의 삶을 지키는 강자라고 할 수 있다.

행복은 삶을 가꾸는 무지개의 정원입니다.

걷고 싶은 욕망, 거기에서 길이 열린다

그렇다. 입술 위에 떠오르는 모든 웃음에 부딪칠 때마다 입을 맞추고 싶었다. 뺨 위에 번지는 홍조를 볼 때마다, 눈 속에 고이는 눈물을 볼 때마다, 나는 그것을 마시고 싶었다. 나에게로 기울여 주는 나뭇가지의 달콤한 열매를 깨물고 싶었다.

어느 낯선 길 위의 작은 주막에 이를 때마다 심한 굶주림이 나를 맞아 주었다. 샘물은 나의 갈증을 기다리고 있었다.

걷고 싶은 욕망, 거기에서 길이 열리고, 쉬고 싶은 욕망, 거기에서 그늘이 부르며, 깊은 물가에 서면 헤엄치고 싶은 욕망, 침대 곁으로 다가가면 자고 싶은 사랑의 욕망, 내 앞에서 모든 욕망이 무지개처럼 잔연하고 사랑의 옷을 입고 아롱지어 빛나기를 갈망한다.

젊음은 깊은 집중의 시기이다

오, 봄이여! 이 세상에서 겨우 일 년 동안 밖에 살지 못하는 일년초들은 그들의 가냘픈 꽃을 더욱 서둘러 피우려 하지 않는가?

인간의 봄 역시 일생을 통해 단 한 번밖에 없다.

그리하여 젊은 날에 누렸던 기쁨의 추억 속에 새로 찾아오는 행복을 두 번 다시 맞이할 수 없는 것이다.

'젊음은 깊은 집중의 시기이다.'

사랑이란 신성한 현상이다

그 날 나를 기쁘게 하여준 것은 사랑과 비슷한 그 무엇이었다. 하지만 사랑은 아니었다. 많은 사람들이 이야기하고 찾는 그러한 사랑도 아니었다. 아름답고 황홀한 감정도 아니었다. 그것은 여자로부터 오는 것도 아니었고, 나의 상념을 거쳐 오는 것도 아니었다. 그저 빛의 반짝임이었다고 말한다면, 그대는 나의 짧은 글을 이해하여 주겠는가?

나는 그저 무료하게 정원에 앉아 있지만, 태양은 보이지 않았다. 그러나 하늘의 푸른빛이 엷은 물방울이 되어 금방 흘러내릴 듯 대기가 아늑한 빛으로 반짝였다. 이끼 위에는 물방울 같은 불꽃이 보였다.

그렇다. 길 위에 빛이 흐르고 있었다. 그 빛의 흐름 속에 금빛 거품들이 나뭇가지 끝에 알알이 맺히기 시작했다.

욕망은 멈출 수 없는 무지개와 같다

양식이여! 나는 너희들에게 기대하고 있다. 만족이여! 나는 너희들을 찾고 있다. 너희들은 여름날의 웃음처럼 아름답고 투명하다.

나는 알고 있다. 이미 대답이 준비되어 있지 않은 욕망을 하나도 가지고 있지 않음을. 나의 굶주림은 저마다 보답을 기다리고 있다.

양식이여! 나는 너희를 기대하고 있을 뿐이다. 온 공간을 떠돌아다니며 찾고 있다. 내 모든 욕망의 만족을.

일상이란 버리고 싶은 시간의 흐름이다

바다와 태양을 향한 작은 초록색 이발소. 뜨거운 둑길. 들어서자마자 쳐들어 올리는 발. 몸을 맡겨 버리듯이 낡은 나무의지에 걸터앉는다. 이런 방심한 상태가 오래도록 계속될 수 있을까? 죽음 같은 평온. 이마에 흐르는 땀. 뺨 위에서 서늘한 느낌을 주는 비누거품. 수염을 깎자, 다시 능란한 솜씨로 면도질을 하더니, 이번에는 피부를 부드럽게 하기 위해 더운 물에 적신 조각 낸 작은 해면으로 어루만지듯 입술을 닦는다. 그리고는 향기롭고 산뜻한 물로 긴장된 피부를 씻어낸다. 그 다음에는 향유로 마무리한다. 나는 움직이는 것이 싫어서 머리를 깎게 내버려 둔다. 이것이 일상의 모습이다.

등불을 끄면 빛이 없어진다. 그러나 의식은 끌 수 없다

비밀스러운 그 어떤 사랑을 기다리는 밤들이 있다. 그런 밤은 육체보다 더 깊고 어둡다.

바다를 굽어보는 벼랑 위의 나만의 작은 방, 너무나 밝은 달빛이 잠을 깨운다. 바다 위에 비치는 푸르슴한 달빛이 파도가 되어 밀려온다.

아직은 여린 어둠으로 열려 있는 창문 가까이로 다가갔을 때, 나는 이제 새벽에서 벗어나 태양이 떠오르는 것을 보게 되리라고 생각했다. 하지만 그것이 아니었다(이미 충만하게 이루어진 비밀한 광경).

『파우스트』 제2부에서 헬렌을 맞이할 때처럼 따뜻하고 부드러운 달이었다.

황량한 바다. 죽음에 묻힌 마을. 어둠 속에서 개 짖는 소리…… 창문마다 작은 금속 자물쇠가 달려 있다.

우리 인간이 몸을 의지할 곳이라곤 어디에도 없어 보였

다. 모든 것들이 어떻게 깨어나게 될지조차 알 수 없다.

어디선가 들려오는 동물의 비통한 울부짖음. 정녕 낮이 다시 오지 않을 것 같은 불안감에 휩싸인다. 더 이상 잠을 잘 수가 없다. 그대라면 어떻게 하겠는가.

지금의 나처럼 오지 않는 졸음을 기다리는 수밖에 없을 것이다.

마치 없는 것처럼 투명한 것이 명상의 미덕입니다.

꽃이 되어 나는 다시 태어날 것이다

밑 바닥이 평편한 배. 회색으로 낮게 드리운 하늘은 이따금 훈훈한 빗방울로 변하여 내리고, 물 속에서 자란 수초들의 흙탕 머금은 비릿한 내음, 얼크러진 줄기의 여린 흔들림, 솟아오르는 푸른 샘도 깊은 물 때문에 자취를 볼 수 없다. 아무 소리도 들리지 않는다. 이 황량한 평원 속에서, 너무나 자연스런 호수의 모습 때문에 물결이 파피루스 나무들 사이로 마치 피어오른 꽃처럼 넘실거린다. 아직 불타고 있는 것도 머지않아 사라져 갈 것이다. 그러면 나는 꽃이 되어 다시 태어날 것이다.

떠난다는 것은 돌아오기 위해서 필요한 것이다

너무나 푸른 하늘 속에 흰 것이라고는 한 폭의 돛, 초록빛은 물 위에 어리는 돛의 그림자. 밤. 어둠 속에 반짝이는 은빛 반지들. 달빛 흐르는 사이를 사람들이 거닐며, 낮과는 전혀 다른 상념들. 사막에 쏟아지는 불길한 빛바랜 달빛. 묘지를 서성거리는 마귀들. 푸른 돌바닥을 디디는 무수한 맨발들. 방바닥 위에 드리운 발코니의 그림자, 책의 흰 여백 위에 감도는 불길함. 가쁜 숨소리. 달도 이제 자취를 감추었다. 내 앞의 정원은 녹색의 호수와 같다. 그 호수의 표정은 흐느낌. 악문 입술. 상념의 고뇌. 삶의 중요성. 이제 보이는 것은 어둠뿐이다.

장미꽃이 자서전을 쓴다면 무엇을 쓸까

블리다여! 가련한 한 떨기 장미꽃. 나뭇잎과 꽃으로 가득 찬 따뜻하고 향기로운 너를 보았다. 이미 겨울의 찬 눈이 녹아 형체를 찾을 수 없다. 너의 신성한 정원에는 흰 사원이 신비롭게 빛나고, 넝쿨나무는 꽃그늘 밑으로 휘어지고 등나무가 엮어놓은 화환 속으로 올리브 나무가 자태를 감추고 있었다. 달콤한 공기가 오렌지꽃에서 향기를 몰아오고, 가냘픈 귤나무의 빛깔이 꿈보다 더 고왔다. 추위로부터 해방된 나무들은 높이 솟은 가지에서 낡은 껍질을 떨어뜨리고 있었다. 나무를 감싸고 있던 세월의 껍질이 태양 때문에 필요 없게 된 옷처럼 흘러내렸다. 가치 없는 나의 도덕심과 같았다.

파도 위를 나는 새는 흔적을 남기지 않는다

아! 그 선실의 둥그런 유리창, 닫혀진 현창이여. 밤마다 잠자리에서 너를 바라보며 생각에 잠겼던 것일까?

'저 창이 밝아지면 새벽이 올 것이다. 그러면 일어나서 멀미를 떨쳐버리리라. 또 새벽은 바다를 씻어줄 것이다. 그리고 우리들은 미지의 땅에 도달하게 되리라.'

새벽은 왔으나 바다는 가라앉지 않았으며, 아직도 육지는 너무나 멀리 있어 동요하는 수면 위에서 나의 상념은 비틀거렸다. 온몸에서 가셔지지 않는 파도의 멀미, 저 넘실거리는 뱃머리에 어떤 상념을 붙들어 매어볼까 하고 나는 생각하였다.

파도여! 저녁 바람에 흐터지는 어두운 물거품 밖에 볼 수 없다는 말인가? 나는 잊어야 할 사랑을 파도 위에 뿌린다. 나의 상념을 불모의 만경창파 위에 뿌린다. 그러자 나의 사랑은 끝없이 밀려오는 파도 속으로 순식간에 잠겨 버린다. 파도는 빠르게 지나가고 내 흐린 눈은 그것들을 분간할 수조차 없다. 형상없이 동요하는 바다, 인간 세계에서 멀리 떨어져 너희들은 침묵만큼 분노하고 있다. 그 유동성을 가로막는 방해물은 아무것도 없다. 그러나 그 누구도 침묵을 들어볼 수 없다.

너무나 약한 배에 거센 파도는 부딪치고 깨질 듯한 소리는 풍랑의 요란함을 알려줄 뿐이다. 커다란 파도들이 밀려와서는 소리도 없이 서로 뒤를 이어 이별을 고한다. 새로 생긴 파도는 앞의 파도 뒤를 이어 달려가고, 어느 파도나 한결같이 똑같은 물결을, 자리를 거의 옮기지도 않고 끊임없이 밀어올린다. 형태만 움직일 뿐 물결은 휩쓸렸다가 떨어지는 존재로 나타날 뿐이다.

모든 것을 통해 이루어진 형태는 그대로 계속되다가 스스로 존재를 포기한다.

나의 외로운 영혼이여! 어떠한 사상에도 얽매이지 말라. 그것을 휩쓸어가는 바닷바람에 힘껏 던져 버려라. 왜냐 하면 천국에까지 인간의 사상을 가지고 갈 수 없기 때문이다.

파도의 움직임!

나의 사상을 끊임없이 넘실거리게 만들어준 것은 너희들

이다. 파도 위에 너는 그 어떠한 것도 쌓을 수 없으리라. 어떠한 무게라도 파도는 피해 달아난다.

이 지친 격랑의 표류 끝에, 이 정처 없는 방황 끝에 다사로운 항구는 올 것인가?

그리하여 회전등대 가까이에 누워 있는 튼튼한 제방 위에서 마침내 안식을 얻는 나의 영혼이 바다를 바라볼 수 있을 것인가.

욕망이라는 섬이 사랑의 바다에 둘러싸여 있다면
그것은 종교와 같은 것입니다.

나는 머리 속의 작은 거품에 불과하다

이 세상에서 자연에 참여하지 않는 것이란 없다. 거기에서 벗어날 수도 없다. 모든 것을 총괄하는 물리의 법칙. 어둠 속을 달리는 열차. 아침이 되면 열차는 이슬로 뒤덮인다.

나는 보았다. 비스듬한 아침 햇살을 받아 조금씩 꿈틀거리는 산들이 장미빛을 띠며 마치 여린 불에 타고 있는 물질처럼 되어가는 모습을.

시간이란 깊음과 짧음, 높음과 낮음이다

나에게 있어 시간이 달아나 버린다는 것만큼 안타까운 일은 없다. 선택을 해야만 한다는 것이 나에게는 견딜 수 없는 일이다. 선정은 선택하는 것이라기보다는 그것을 물리치는 하나의 방법으로 생각되었다. 그때 비로소 나는 무섭도록 시간의 협착함과 정밀한 차원 밖에 갖고 있지 않다는 사실을 깨달았던 것이다.

폭이 넓은 것이었으면 하고 바랬지만 시간은 한낱 선에 지나지 않았고, 나의 욕망들은 그 선 위를 달리면서 서로 밟지 않으면 안 되는 위험이란 감정이었다.

나는 불행을 생의 수행이라고 생각한다

이제 나는 깨닫게 되었다. 한여름의 무더운 대기로 하여 발생된 물방울들이 저마다 가치가 있다는 사실을. 가장 작은 물방울일지라도 우리를 감동시키기에 충분하며, 우리에게 신의 모습과 생의 총체를 계시해 준다는 사실을. 나는 생의 모든 형태를 부러워하고 자랑하고 싶었다. 다른 사람이 하는 일을 보면 무엇이나 따라서 하고 싶었다.

한편 남이 이룩해 놓으면 나도 그것을 이루어 놓고 싶었던 것이다. 나는 늘 피로했으나 별로 고통을 두려워하지 않았다. 그것을 생의 수행이라고 믿었기 때문이다.

마음을 비우면 자신을 풍요롭게 할 수 있다

18세에 고등학교를 졸업하자, 정신은 공부에 지치고, 마음은 텅 비어 맥이 풀리고, 육체는 오랜 구속에서 풀려나 유혹히는 방랑의 열정을 주체할 수 없어 정처없이 길을 떠났다. 세상의 모든 사람들이 아는 것을 나도 알게 되었다. – 봄, 대지의 냄새, 들판에 피는 풀과 꽃의 향기, 강 위에 서리는 아침 안개, 목장에 번지는 저녁의 습기. 많은 도시를 지나쳤으나 어느 곳에서도 발길을 멈추려고 하지 않았다. 그때 나는 생각했다. 아무 것에도 집착하지 않고 끊임없이 변모하는 것에 영원한 열정을 꿈꾸고 다가가는 사람은 행복하다고. 그러나 또 한편으로 나는 미워하였다. 가정을, 가족을, 휴식을 얻을 수 있는 모든 징소를. 그리고 변함 없는 애정, 사랑의 성실함, 사상에 대한 집착 – 빗나가게 될 위험성이 있는 모든 것을. 나는 말하였다.

'새로운 것은 언제든지 받아들일 수 있어야 한다고.'

병을 인내하는 것은 신앙과 같다

병원 생활은 창밖에서 눈을 뜨는 것으로 시작된다. 내 몸의 열의 파도는 창으로부터 흘러 들어와서 베드 위에서 멈추어 버린다. 환자는 약과 주사로 일관되어 있는 시간표에 만족하지 않으면 안 된다. 그러자 건강했던 지난날의 생활이 부르고 있다.

날이 샐 때마다 병상에 누워 있다는 것을 자각하고 잠시 동안 정신을 잃고 있는 시간도 있다. 모든 것이 적의에 꽉 차 있는 것처럼 보인다. 그러자 아침의 열이 육체를 침식하기 시작하자 검고 불길한 마음이 추억의 방직기로 붉은 실과 회색의 실로 병실의 생활을 짜기 시작한다.

한편 잃어버린 건강을 되찾는 병자는 예술가이며, 과학자이며, 신앙인이기도 하다.

최초의 꿈이 무엇이든 늘 괴로워한다

책은 나에게 자유란 일시적인 것이며, 자기에 대한 속박 또는 자기 헌신을 선택하는 것에 지나지 않는다는 것. 마치 엉겅퀴씨가 뿌리를 내릴 수 있는 기름진 땅을 찾아 멀리까지 날아가는 것과도 같으며, ─ 그 작은 씨앗은 한 곳에 머물러야 비로소 싹이 트고 자라서 꽃을 피우게 되는 섭리를 가르쳐 주었다. 하지만 이론이 사람을 인도할 수 없으며, 어느 이론에나 반대 이론이 성립될 수 있고, 그것을 발견하면 된다는 사실을 일찍이 학교에서 배워 알고 있었으므로 애써 나는 먼 길을 걸으며, 그러한 반대 이론을 찾아보기도 하였다.

자연은 계절에 대해 고민하지 않는다

나는 미래를 향하여 흐뭇하고 끊임없는 기다림 속에서 살았다. 마치 기다리고 있는 대답 앞에 제출된 질문처럼 쾌락 앞에 나타나서 누리고 싶은 갈증에는 곧 향락이 따른다는 사실을 알게 되었다.

나의 행복이란 샘물이 갈증을 일으켜 주는 대상이며, 또 갈증을 채울 수 없는 사막에 직사하는 폭양 속에서 나 자신은 끓는 듯한 열기를 더욱 흡족히 여겼다는 사실도 새롭게 확인할 수 있었다.

저녁이면, 하루 종일 고대하였던 것만큼이나 시원하고 황홀한 오아시스가 기다리고 있었다. 태양에 짓눌린 광막한 모래 위에 찾아오는 무한한 졸음처럼 —그렇게 더위는 격렬하였다— 하지만 대기의 진동 속에서 나는 생의 약동을 느꼈다. 잠들지 못하고 지평선 위에서 쓰러질까 떨며, 나의 발밑에서 사랑으로 부풀어 오르고 있던 생명의 약동을 예감했다.

그리하여 나는 모든 방향으로부터 무엇이건 다 맞아들였다. 나의 영혼은 네 갈래 길 위에 개방된 주막과도 같았다. 안으로 들어오고 싶어하는 것은 무엇이나 들어올 수 있었다.

그때부터 나는 유순하고 상냥하게 마음을 열어 놓고 개인적인 생각을 하나도 갖지 않는 주의 깊은 청취자가 되었다.

자연 속에서 인간은 첫째가는 기적입니다.

나는 끊임없이 해후를 기다리는 외로운 그림자

날마다 내가 방황한 이유는 자연 속으로의 침투였다. 나 자신에게 속박되지 않는다는 우월감은 스스로를 이단자로 내몰았다. 늘 과거의 추억은 내 삶의 단일성을 증명해 주는데 불과했다.

지난날 연인이었던 데에제를 과거의 사랑에 연결시키고 있었으나, 그녀에 대한 그리움은 새로운 풍경처럼 다가와 신비로운 노끈과 같은 인연으로 매어 놓았다. 사실은 그 인연의 노끈도 끊어지지 않을 수 없었지만. 황홀한 재생! 이제 나는 이른 아침 길을 걸으며 새로운 생명감, 어린아이와 같은 순진한 마음으로 하루의 시작을 맛보는 것이다.

인생이란 부채를 다 갚는 마지막이 죽음이다

나는 한사코 피로감을 미워하였다. 피로는 권태로부터 생긴다는 것을 알고 있었기 때문이다. 그러므로 나는 사물의 다양성에 의지해야 삶을 이어갈 수 있다고 믿었다. 그래서 나는 아무 곳에서나 휴식을 취했다.

때때로 나는 밭고랑에서 잤다. 때로는 벌판에서도 자기도 하였다. 키 큰 밀이삭들의 부딪침에서 여명의 전율을 보았다. 그리고 밤나무숲에서 까마귀들이 잠에서 깨어나는 어둑어둑한 모습을 보았다.

아침이 되면 나는 풀잎에 맺힌 이슬로 세수를 하였으며 떠오르는 태양이 젖은 옷을 말려주었다. 노랫소리와 함께 소가 끄는 수레에 실려 힘겹게 집으로 돌아가는 수확물을 본 그날보다 더 아름다운 전원의 풍경이 언제 어디에 있었던가를 누가 말할 수 있으랴?

저녁 때면 낯선 마을에서 낮에 흩어졌던 사람들이 가정으로 다시 모여드는 것을 보았다.

피로에 젖은 위안의 귀로. 집의 출입문이 잠시 빛과 온기와 웃음으로 맞아들이기 위해 조용히 열렸다가 다시 닫혀지면 밤은 한 발짝 더 깊어갔다. 이제 방황하는 것들은 무엇이든 일체 그 안으로 들어갈 수 없었다.

지혜의 등불을 켤 때 삶의 아침이 옵니다.

사람은 서로를 알지 못한다. 모두가 혼자이기 때문이다

홀로, 나는 자부심에 벅찬 기쁨을 맛보았다. 새벽이 밝아오기 전에 일어나는 모든 것을 즐겼다. 밀밭 위로 치솟아오르며 태양을 부르는 종달새의 노래는 환상곡이었으며, 이슬은 새벽을 단장하는 화장수였다.

너무나 간결한 아침 식사에 만족한 결과 먹는 양이 너무 적었기 때문에 머리는 가벼워서 모든 감각이 일종의 도취였다. 그 뒤에 나는 많은 양의 포도주를 마신 탓으로 단식이 가져다준 가벼운 현기증으로 하여 태양이 떠오른 다음 낟가리 사이에서 잠들기 전에 환히 밝은 아침 광야의 풋풋함을 느낄 수 없었다.

자연 속에서의 인간은 잠시 비칠 정도의 존재다

사람들은 나의 에고이즘을 비난하였다. 이에 맞서 나는 그들의 어리석음을 힐난하며 남자이건 여자이건, 어느 한 사람을 사랑하는 것이 아니라, 우정·애정·연정을 사랑하는 것이라고 역설하였다. 한 사람에게 줌으로써 다른 사람으로부터 빼앗는 결과가 될까봐 나 자신을 빌려주었을 뿐이다. 한 사람의 육체와 마음을 독점하고 싶지 않았기 때문이다. 자연에 대해 그랬던 것처럼 사랑의 길을 따라 유랑을 계속하며 아무 곳에나 걸음을 멈추지 않았다. 모든 사람이 나에게서 머물러 있고 싶어 하였으나 나는 아무에게도 나 자신을 주지 않았다.

행복은 빌릴 수도 훔칠 수도 없다

내가 잠시 동안 행복을 믿을 수 있었던 것은 나의 신변에 일어난 사건들의 덕택이었다고 말하고 싶지 않다. 크고 작은 사건들이 나에게 유리하긴 하였지만, 나는 그것을 이용하지는 않았다.

나의 행복이 어떤 힘에 의해 이루어진 것이라고도 믿지 않았다. 지상에 아무런 집착도 갖지 않은 나의 마음은 항상 가난하였다. 그러므로 죽음에 대한 두려움도 없다. 나의 행복은 열정으로 이루어진 것이다. 차별 없이 모든 것을 열렬하게 사랑하였을 뿐이다.

죽음은 순식간에 찍히는 흑백 사진이다

우리들이 즐겨 찾는 테라스 | 나선형 계단을 따라 올라오게 된 곳 |는 마을을 내려다보며, 우거진 녹음 위에 마치 닻을 내린 한 척의 거대한 배와도 같았다.

때로 그 공간은 시가지를 향하여 달리는 듯하였다. 여름 거리의 소음을 떠나서 나는 이따금 이 가공의 배 갑판 위로 올라와 저녁 무렵의 아련한 명상을 맛보곤 하였다.

모든 소음은 떠오르면서 사라지는 것들이었다. 마치 물결처럼 조용히 밀려오다가 스며드는 듯하였다. 어떤 때는 도도한 파도를 이루며 이곳까지 올라와서는 내 마음의 벽에 부딪쳐 부서지곤 하였다.

그러나 내 외로운 영혼은 지상에서 더욱 높이 파도가 미치지 못하는 곳으로 떠올랐다. 그러자 테라스 위에는 나뭇잎들의 살랑거리는 소리와 밤의 애끓는 부름 소리밖에 아무것도 들리지 않았다. 그때 내 영혼의 깊은 곳에서 낯선 음성이 들려왔다.

"바로, 이 순간에 너의 생의 환희와 위안, 감동을 잊지 않고 맛볼 수 있을 것으로 생각하느냐? 너는 늘 사고의 습관에 얽매여 있다. 또한 너는 과거에 살고 미래에 살며 순식간에 찍혀지는 사진과도 같은 죽음에 이른다."

생을 사랑하고 있는 것은 죽음의 번뇌입니다.

산은 곁에 언덕이 있음을 알고 있다

규모 있게 줄을 지어 사잇길을 만들며 심은 푸른 떡갈나무, 월계수가 하늘이 닿을 듯 그 높은 곳에 숲을 이루자, 테라스도 그쯤에서 끝나 있었다. 그러나 장난스럽게 둥그린 난간들이 앞으로 나와서 창공에 걸린 반달처럼 보였다. 전설 같은 풍경이었다.

그곳에 앉아 외로운 상념에 도취하는 것이 유일한 즐거움이다. 작은 시가지 너머로 어스름한 언덕에 떠 있는 하늘은 엷은 황금빛을 띠고 지친 나뭇가지들이 테라스로부터 조금씩 잿빛으로 젖어가는 석양을 향해 이파리를 늘어뜨리자 연기같은 것이 계곡으로 내려앉았다.

그러자 시가지에는 마지막 빛을 받은 먼지가 떠돌며, 많은 불빛으로 밝혀진 광장 위에서 곧 모습을 감추었다. 뒤이어 어둠이 시간보다 더 빠르게 달려왔다. 무더운 밤의 황홀한 무도회에서 튀어나오듯 어디서 쏟아지는 것인지 오색찬

란한 불꽃이 솟아올라 부르짖듯 허공을 가로질러 떨며 회전하다가 마침내는 신비로운 꽃다발처럼 스러지며 내렸다.

　나는 무엇보다도 광활한 밤하늘의 깊은 어둠 속으로 천천히 낙하하며 흐리지는 연한 황금빛 불꽃을 사랑한다. 불꽃이 사라지면 뒤이어 나타나는 작은 별들 – 그렇게도 별은 황홀했다. – 이 뜻하지 않은 환상극 배역을 맡은 불꽃이 사라진 다음에도 변함없이 반짝이는 별들을 볼 때 놀라움을 금할 수가 없었다.

　그런 다음 별 하나에 나, 별 둘에 사랑의 이름을 부르다가 고정된 성좌의 전설을 밤하늘에 써 보내는 것이다. – 그리하여 황홀함은 계속되었다.

신 앞에서 인간은 예비 동작에 불과합니다.

과일의 꿈에 대해서 무슨 말을 하면 좋을까

광야에 떠오르는 태양빛을 받은

아침 안개는 다사롭다.

태양은

젖은 땅을 맨발로 걷게 하고

바닷물이 적신 모래 위를 걷게 한다.

숲 속의 샘물은 모욕하기에 온화했고

내 입술이 어둠 속에서 만난

낯선 입술도 다사로왔다.

그러나 과일들

과일의 꿈에 대해서는

나타나엘이여!

무슨 말을 하면 좋을까?

그대가 소유한 순간, 그대도 소유되어 버린다

나타나엘이여! 그대에게 석류 이야기를 들려주고 싶다. 동양의 어느 작은 마을 장터에서 몇 푼에 파는 붉은 열매가 있는데, 갈대로 만든 광주리 속에서 보석처럼 빛났다. 먼지와 마른잎에 싸여 뒹굴고 있는 것을 어린아이들이 줍고 있다. 그 과일의 즙은 설익은 나무딸기보다 더 새콤하다. 끝은 밀랍으로 만들어진 것 같은 모양으로 빛깔이 열매와 같다.

고이고이 숨겨진 보물. 벌집 같은 투명한 벽. 오각형의 건축. 껍질이 터지자 꿈같은 알맹이가 쏟아진다. 쪽빛 잔 속에 담긴 붉은 알알들. 유약을 바른 구리 접시 속의 비밀 같은 황금빛 방울들.

흰 눈이 생명을 얻기 위해서는 녹아야만 한다

몹시 추운 어느 날, 눈 속에서 주웠던 낯선 붉은 열매를 나는 기억하고 있다. 그때 '나는 눈을 좋아하지 않는다'고 로테르가 속삭였다. 눈은 흰빛만큼이나 신비로우며 땅 위에 내리자마자 자신을 단념하는 대지에 어울리지 못하는 이방인과 같은 물질이다. 풍경을 가두어버리는 그 흰빛이 외로움보다 더 밉다. 또한 너무나 차서 생명까지 거부한다. 흰 눈이 생명을 잉태하여 자연의 삶을 보호하여 준다는 계절의 순환을 알지만, 그러나 생명은 눈이 녹아야만 살아남을 수 있다. 나는 눈이 잿빛으로 반쯤 녹아서 풀과 나무에 물의 모습으로 다가 갔으면 한다.

나무에게 밤은 여명을 준비하는 기다림이다

달이 떡갈나무 사이로 모습을 보였다. 단조롭지만 어느 때와 다름없이 아름다운 달. 그러는 동안 세상 사람들은 무리를 시어 달콤한 이야기를 시로 주고받지만, 나에게는 두서 없는 말로 어렴풋이 들려올 뿐이다. 모두들 자기의 사랑 이야기를 열렬하게 떠들고 있지만, 과연 진심으로 들어주는 사람이 있는 지 생각해 볼 일이다.

이윽고 주고받던 이야기가 그치고 주위가 조용해졌다. 그러자 달이 잎이 무성한 떡갈나무 가지 뒤로 갑자기 모습을 감추었다. 어두운 파도처럼 물결치듯 잎사귀들은 서로 몸을 붙인 채 여명을 준비하는 기다림에 잠들었다. 그래도 이야기를 계속하는 남녀들의 속삭임이 이제는 알아들을 수 없는, 이윽고 이끼 위를 흐르는 밤 시냇물 소리에 섞이어 비밀스럽게 사라져 버렸다.

꿈은 괴로워하는 자의 안식이다

간 밤에 무슨 꿈을 꾼 것일까.

　잠에서 깨어나자, 나의 욕망은 심한 갈증을 느꼈다. 마치 잠을 자면서 사막을 건너기라도 한 듯 심한 피로와 공포에 휩싸였다. 지금은 달빛마저 사라졌다.

　나는 어둠의 매혹에 놀라며 슬프도록 도취감에 빠져 그대로 누워 있어야만 했다. 더 이상 사랑을 이야기하지 않을 것이다. 다시 여행을 떠나 닥치는 대로 길을 헤메이고 싶은 마음에 아침이 밝아 오기를 기다리고 있었다. 새벽이 되자, 곧바로 나는 길을 찾아 나섰다.

그대가 바로 삶의 목적지이다

하루하루가 계속되고 우리의 삶을 위해 또 다른 날들이 이어진다. 수많은 아침과 저녁이 반복된다. 혼수 상대에서 벗어나지 못한 채 새벽이 되기도 전에 일어나야 하는 또 다른 아침이 있다.

오! 가을의 잿빛 아침.

내 영혼은 휴식도 없이 지칠 대로 지쳐 잠에서 깨어나면 열병을 앓는 사람처럼 더 깊은 잠을 원하면서 죽음의 순간을 느낀다.

내일 나는 추위에 떨고 있는 이 전원을 떠날 것이다. 지금 갈색풀에는 찬 서리가 가득하다.

잠은 영혼의 고향이다

큰 길 모퉁이에 따뜻한 공기가 감돌고 있음을 나는 안다. 아직도 잎이 떨어지지 않은 생울타리 보리수, 학교로 가는 길목의 작은 대장간집 소년의 짓궂은 웃음과 장난, 더 길을 따라 숲 속으로 가면 수북히 떨어진 낙엽의 마지막 냄새. 가을 억새풀보다 낮은 오막살이집에서 어린 아기에게 입을 맞추는 나이어린 여인의 웃음소리. 가을이면 더 멀리 울리는 양치기들의 휘파람 소리…… 어디 그것뿐인가?

아아! 잠들자. 모두가 하찮은 것들이다. 이제 나는 이루어지지 않는 꿈에 너무 지쳐 버렸다.

삶이란 매일 이별을 하면서 다시 출발하는 여정이다

새벽이 되기도 전에 어슴프레한 야음 속을 더듬으며 떠나야 하는 이별 같은 출발. 영혼과 육체의 전율. 엷은 현기증. 가지고 가야 할 짐이 무엇인가 잠시 생각해 본다. 친구, 출발할 때 우리에게 합당한 것은 무엇인가?

이에 그가 대답했다.

'죽음의 전주곡 같은 맛이라고……'

그렇다. 다른 새로운 것을 만나 보기 위해서 이별을 해야 하는 기쁨 때문에 다시 출발하는 것이다.

아아! 나타나엘이여, 우리의 삶이란 매일 이별을 하면서 죽음을 찾아 출발하는 여정이다. 마침내 사랑으로 ─ 사랑과 기대와 희망, 이것은 우리들의 진정한 소유다. 이 풍요로운 열매를 가꾸기 위해 얼마나 많은 헐벗은 시간을 보내야했던가. 가난한 내 영혼이여!

아아! 떠나오지 않았다면 편안한 잠자리와 적당한 음식

을 제공 받았을 그 모든 고장들! 풍요로운 행복한 마을. 늘 힘든 일이 반복되는 농장의 하루. 불붙는 더위 속의 밭일들. 피로와 수면의 연속……

떠나자! 그리하여 아무 곳에서나 발걸음을 멈추자. 거기가 바로 내 고향이 아닌가.

인생의 마지막 길 위를 달려간 사람은 행복합니다.

아름다운 사랑은 유희가 아니다

그는 작은 몸을 나에게 기대었다. 그러자 전해 오는 심장 소리로 나는 살아 있는 또 다른 육체를 확인할 수 있었고, 그의 육체를 느끼게 하는 물결 같은 체온이 끝내는 나를 타오르게 하였다. 지금 그는 내 어깨에 기대어 숨결을 고르는 낮은 숨소리가 들려왔다. 훈훈한 숨결이 조금은 거북스러웠지만, 난 그를 깨우지 않으려고 미동도 하지 않았다. 하지만 그의 귀여운 머리는 자갈길을 달리는 마차가 흔들릴 때처럼 위태로운 머리짓을 했다. 함께 타고 있는 다른 사람들도 얼마 남지 않은 밤 시간을 아끼듯이 피곤한 잠 속을 달렸다.

그렇다. 나는 사랑의 의미를 알았다. 사랑과 또 많은 삶의 의미를. 그러나 지난 날의 사랑에 대해 나는 어떠한 말도 하지 않으리라. 왜냐 하면 사랑은 말의 유희가 아니기 때문이다.

그렇다. 나는 사랑의 길을 알았다.

나는 떠돌며 이별하는 모든 것들의 주변을 위하여 스스로 방랑자가 되었다. 때로는 어느 곳에서 생활에 언 몸을 녹여야 할지 모르는 모든 사람들에게 애틋한 정을 느끼면서 유랑하는 모든 것을 열렬하게 사랑하게 되었다.

사랑을 확신하면 사랑으로 배반당하는 일은 없습니다.

방황은 삶을 전달한다

벌판에는 드넓은 경작지가 꿈꾸듯 펼쳐 있다. 황혼이 머무는 밭고랑에서 김이 피어올랐다. 피로에 지친 말이 더욱 느린 걸음으로 땅거미를 따라 걷고 있다. 마치 처음 땅 냄새를 맡아보는 것처럼 황혼은 매일매일 나를 도취시켰다. 그러면 나는 갈색 가랑잎이 뒤덮인 숲기슭의 낮은 언덕에 앉아 저 건너 경작지로부터 들려오는 노랫소리에 귀를 기울이며 빛을 잃은 태양이 지평선 멀리로 잠들어 가는 마지막 모습을 바라보면서 하루를 떠나보내고 있었다.

최고의 것만을 소유하려고 하면 가난해진다

'존재한다는 것.' 이 말은 나에게 매우 쾌락적인 의미로 이해되었다. 사실 나는 생의 모든 형태를 즐기면서 맛보고 싶었다. 작은 물고기의 생명에서 보잘 것 없는 식물의 생에 이르기까지. 또 한편으로 모든 감각의 즐거움 중에서 나는 촉감의 즐거움을 더 많이 탐닉했다.

가을 벌판에서 소나기를 맞으며 외로이 서 있는 나무. 검붉게 물든 잎이 젖은 채로 떨어지고 있었다. 낙엽 사이로 스며드는 빗물은 찾아올 봄을 위해 뿌리를 적셔 줄 것이다.

내 피곤한 맨발은 젖어 있는 대지, 웅덩이에 고여 있는 갈색의 물, 서늘하면서도 미지근한 진흙의 촉감을 즐겼다. 내가 왜 그토록, 무엇보다도 물에 젖어 있는 것에 매료되는지 그 이유를 알고 있다. 물은 공기보다 더 뚜렷하게 변화하는 온도 차이를 육감적으로 느끼게 해 주기 때문이다. 그리하여 나는 가을의 축축한 갈색 바람을 사랑하지 않으면 안 되었다.

성공이란 인생의 여백에 그리는 그림이다

웃어야 할 때가 있다. 그렇다. 그 웃음을 회상해야 할 때도 있다.

나타나엘이여! 내 눈길이 머무는 곳에서 풀들이 물결치는 갈색 파도를 본 것은 바로 나였다. 어느 누구도 아닌 바로 나였던 것이다. — 베어 넘어진 밀밭의 현란함, 지금은 시들어 건조 냄새를 풍기고 있는 가을풀들. — 이 풀이 지난 주만 하더라도 생생하게 푸르렀으나 어느덧 황금빛으로 물들어 저녁 바람에 고요히 흔들리는 물결로 — 아아! 마른 잔디밭에 누워서 — 우거진 풀들이 우리들의 사랑을 맞아주던 그 시간 속으로 돌아갈 수 있는 여백이 기다리고 있다면……

한 알의 낟알 속에도 우주가 담겨 있다

산더미처럼 쌓인 보석 같은 낟알이여, 나는 너희들을 소리 높여 찬양하리라. 빛나는 오곡이여, 갈색의 밀이여, 기다림 속에 알알이 묻혀 있는 보고여. 헤아릴 수 없는 풍요로운 저장이여……

우리들의 빵이, 양식이 모두 없어진들 어떠하리! 풍요로움이여, 곡창이여. 나는 너의 열쇠를 가지고 있다. 산더미 같은 낟알이여, 너희들이 빛나는 모습으로 나를 기다리고 있다. 나는 굶주림에 더 지쳐 버리기 전에 너희들을 다 먹을 수 있을 것인가는 알 수 없다.

밭에는 하늘의 새가 떼를 지어 날고 헛간에는 쥐의 무리, 그리고 가난한 사람들은 빈약한 식탁 주위에…… 나의 굶주림이 다 하기까지, 과연 너희들은 마지막 생존을 지킬 수 있을 것인가?

낟알이여! 나는 한 줌의 너를 간직하여 기름진 밭에 뿌리

런다. 너희들이 찬양하는 좋은 계절에 나는 뿌리고 싶다. 한 알이 백 알을 낳고, 또 한 알이 천 알을……

낟알이여! 나의 굶주림이 깊은 곳에서 너희들은 풍성하였다.

처음에는 아주 작은 모습으로 싹 트는 밀알이여! 말하라. 햇빛과 폭풍우를 거쳐 황금과 같은 이삭을 고개 숙인 채 늘어뜨리게 될 것인가를! 빈 밭고랑에 하나씩 늘어가는 밀짚단의 행렬, 단 마다 볏을 달고 – 내가 뿌린 한 줌의 낟알이…… 꿈 속에 갇혀 있다.

삶의 기회는 단 한번뿐입니다.

추억은 더럽혀진 삶의 꽃인가?

외양간 안은 지긋지긋하게 무더웠으나 우리 안에 갇혀 있는 소들에게서 좋은 냄새가 풍겼다.

아아! 땀이 베인 작은 몸에서 정다운 냄새를 풍기며 뛰어오는 시골 어린이들과 어울려 해맑은 웃음을 웃으며 소다리 사이로 숨바꼭질하던 그 어린 시절로 돌아갈 수 있다면!

때로는 흩어져 쏟아지는 가을 햇살을 쫓다가 심심해지면 건초더미 속에서 갓 낳은 따뜻한 달걀을 찾아내곤 하였다. 그 자리에 누워 여러 시간 동안 되새김질에 열중하는 소들을 바라보다가 별안간 쇠똥이 떨어져서 터지는 광경에 스스로 놀라며 검은 눈망울을 굴리는 천진스러움, 어느 소가 제일 먼저 똥을 눌 것인가 내기를 걸었다. 그리고 어느 날인가, 암소 한 마리가 갑자기 송아지를 낳을 것 같아서 겁을 먹고 멀리 동구 밖으로 달아나기도 했다. 소년시절, 정말 아름다운 가을의 한때였다.

최초 꿈의 주인은 누구였을까

밝은 햇볕을 듬뿍 받고 있는 열린 창문 앞에 보랏빛 포도송이가 전설처럼 주렁주렁 매달려 있다. 엷은 갈색을 띠고 있는 포도알이 명상에 잠겨 익으면서 소리 없는 함성으로 빛을 새김질한다. 향기로운 생의 마지막 맛을 빚고 있는 중이다.

고뇌를 위로할 때 사랑을 발견합니다.

마지막 한 걸음은 혼자서 가야 한다

아! 마침내 나는 황금의 잔을 거침없이 부숴 버렸다. – 나는 깨어난다. 도취란 다만, 행복의 대용품에 지나지 않을 뿐이다. 마차여! 너는 모든 것으로부터 도피가 가능하다. 썰매여, 얼음에 쌓인 나라의 신부여! 나는 너희들에게 욕망을 매단다.

나타나엘이여! 우리는 온갖 것을 향해 달려간다. 그리하여 차례차례로 모든 것에 도달할 것이다. 나는 안장 주머니 깊숙한 곳에 몇 푼의 금화를 숨겨 놓았다. 다른 상자 속에는 추위가 그리워지는 따뜻한 질감의 모피가 들어있다.

바퀴여, 달리는 회전의 빠름을 누가 셀 수 있을 것인가?

마차들이여, 정다운 집들이여! 날을 듯 떠오르는 삶의 환희를 위하여, 우리들의 마음이 너무나 들뜬 나머지 순례의 의미를, 귀향의 슬픔을 맛보지 못했다. 정지된 휴식을 취하는 가래들이여I 밭 위로 소들의 느린 발걸음이 멈추고 헛간 속에 버려든 연장들이 녹슬고 있을 뿐이다. 그리고 온갖 삶의 도구들이……

　나는 존재의 모든 가능성을 괴로움 속에서 기다리고 있다. 더없이 아름다운 고장을 갈망하는 자를 위하여 하나의 욕망이 매달리기를 끊임없이 기다리고 있다.

　이제 쏜살 같은 속도로 일어나는 흰 눈보라가 우리들의 뒤를 따르게 되기를! 썰매여, 나는 모든 욕망을 너에게 매단다.

시간의 멈추어 버린 곳에 죽음이 있습니다.

사람들은 모두가 다 혼자다

내 삶의
마지막 문은 항상 벌판을 향해 열려 있었다.

삶 속에는 하나의 리듬이 있습니다.
그러나 죽음에는 리듬이 없습니다.

없는 것처럼 투명한 것이 물의 미덕이다

태양은 여명 속에 씻기고
달은 밤의 이슬에 씻기듯
니희들은 흐르는 물 속에
피로한 팔 다리를 씻으라

샘물에는 비상한 아름다음이 숨어 있다. 그리고 땅 밑을 스며 흐르는 물은 마치 수정 속을 지나온 것처럼 맑게 보인다. 그 물을 마시는 환상적인 즐거움. 그것은 공기처럼 파랗고, 마치 없는 것처럼 투명하고 맛도 알 수 없다. 이 세상에서 단 한 번 느낄 수 있는 감촉으로 밖에는 더 이상 설명할 수 없다. 이것이 바로 붛의 숨겨신 미덕이다.

흰 것은 보류된 빛의 소산을 의미한다

짙은 빛의 그림자가 드리워진 길가에 무심히 버려진 흰 조약돌. 빛의 보금자리. 광야의 황혼에 하얗게 드러나는 히드 꽃더미. 회교 사원의 대리석 바닥. 바다의 동굴 속에 피는 파도의 꽃, 흰 것은 보류된 빛의 소산을 의미한다.

밝음과 어둠은 차이가 없다

나는 모든 존재를 빛을 통해 받아들이는 능력에 따라 판단해야 한다는 것을 알게 되었다. 한낮에 햇빛을 받아들인 어떤 것은 밤이 되면 빛의 세포처럼 느껴졌다.

벌판 한가운데를 흐르는 물이 멀리 불투명한 바위 밑으로 흘러들면 수북이 쌓인 금빛 보물처럼 눈을 어지럽혔다. 신기한 물풀 같은 것을 물 속에서 꺼내면 졸지에 빛을 잃어버리는 어둠이었다.

산이 높은 것이 아니라 골짜기가 깊은 것이다

풍경의 끊임 없는 변화는 행복의 모든 형식을, 그것들이 지닐 수 있는 명상과 슬픔의 형태를 알지 못하고 있다는 사실을 보여주었다.

소년 시절 브르타뉴 광야를 헤메이면 가끔 알 수 없는 슬픔에 잠기곤 하던 그 때의 낯선 시간 속에서 갑자기 내 어린 영혼이 어디로인가 떠나가는 아픔을 나는 기억하고 있다.

이제 성년이 되어 느끼는 슬픔은 낯익은 풍경 속으로 조금씩 모습을 완성시키며 흡수되고 있었다. 그리하여 나는 완성된 슬픔을 흐뭇하게 바라볼 수 있었다.

불행이란 그대가 불가능한 일을 하고 있다는 증거다

여름철의 게으른 낮잠을 맛 보았다. – 한낮의 짧은 잠 – 이른 아침부터 시작한 일을 끝마치자마자 쓰러져 사는 잠. 그 잠 속에는 여백이 없다.

여름의 한낮인 두 시 – 더위 속에 잠든 어린이들. 숨막힐 듯한 경적. 음악이 흐르지 않는 농촌의 무표정, 찌든 커튼 냄새. 히아신스와 튤립이 있는 마당. 널려 있는 빨래들의 지친 환호성. 오후 다섯 시, 땀에 젖어 눈을 뜨면 두근거리는 심장과 가벼운 두뇌, 후련한 육체, 시원스럽게 밀려드는 것 같은 느낌. 기울어 가는 태양의 망설임, 눈앞에 전개되는 저녁의 꽃들.

이윽고 미지근한 물로 세수를 하고 등잔을 준비해 놓고 다시 일을 시작한다.

하늘과 땅은 반대되는 것끼리의 만남이다

나는 활짝 열어 놓은 창문가에서 마치 하늘 바로 밑에 누운 기분으로 잠자는 습관을 가졌다. 7월의 무더운 밤에는 달빛 아래서 벌거숭이로 건초 더미에 눕기도 했다. 그때 나는 원시인 같은 열정에 사로잡혔다. 새벽이 밝아오면 요란한 참새들의 함성이 잠을 깨워 주었다. 나는 찬물에 목욕을 한 다음 하루 일을 서둘러 시작하는 것을 자랑으로 여겼다. 주라산맥 너머로 나의 창문은 골짜기를 향해 아침을 열었다. 어느 새 그 깊은 골짜기는 회색의 눈으로 덮여 있었다. 침대에 앉으면 숲기슭이 한눈에 들어왔다. 까마귀와 까치 떼들이 엷은 안개 기류를 타고 날았다. 가축의 금속 방울소리가 늦은 잠을 깨워주기도 했다. 집 근처에 넓은 샘터가 있어서 목동들이 소를 몰고 물을 먹이러 그곳을 찾아왔다. 그 모든 것을 지금 나는 지난날의 아름다운 시간으로 기억하고 있을 뿐이다.

죄가 존재한다는 것은 나름대로 목적이 있기 때문이다

도처에 수많은 도시들이 있다. 어떻게 그 도시들이 세워지게 되었는 지 그 내력을 알기란 힘들다.

오오! 먼 동양, 남방의 이국적인 도시들. 밤이면 작은 등불처럼 변덕스런 여인들이 몽상에 잠기는 흰 테라스와 낮고 평편한 지붕의 도시들. 환락. 사랑의 향연. 언덕에서 내려다보면 어둠 속에 인광처럼 빛나는 광장의 붉고 푸른 등불의 물결. 거리의 카페에는 짙은 화장을 한 창녀들이 가득 차 있고 지나치게 날카로운 음악이 그녀들을 춤추게 하고 있다. 불타는 향연, 그 가운데서 나는 미지의 사막을 걷는 듯한 메마른 외로움을 느낀다. 사막은 모래 바다이다.

당신이 살아 있다면 죽기도 할 것이다

나타나엘이여! 우리들은 아직까지 함께 나뭇잎을 바라본 일이 없지. 그 나뭇잎의 녹색 곡선들을……
햇빛으로 반짝이는 나뭇잎들. 사방으로 출입구가 뚫려 있는 녹색의 동굴. 한들바람에도 자리를 바꾸는 부산스러움. 종속. 형상의 소용돌이. 사정없이 찢어진 무의와 벽면. 가지들의 탄력적인 틀. 둥그스럼한 기복. 미세한 엽층과 작은 구멍들의 반란. 제멋대로 흔들리는 가지의 연민. 작은 가지들은 제각기 다른 몸부림으로 바람을 거부하며 저항력을 일으킨다. 하지만 바람은 가지들에게 녹색의 사랑을, 잎사귀의 꿈을 가지각색으로 만들어 잉태시킨다.

화제를 바꾸자. 무슨 이야기를 해야 할까? 처음부터 어떠한 구성이나 목적이 없었으므로 선택이 필요 없는 것은 당연한 일이다. 무엇이든 간에 얽매임이 없어야 한다.

나타나엘이여! 얽매이지 않는 우리의 생존은 가능한 것일까!

사랑은 준비되어 있는 인생의 텃밭이다

그대는 이 지상에 머무르는 동안 삶의 메마른 텃밭에 사랑의 씨 뿌리기에 열중해야 할 도덕적 책임이 있다는 것을 명심해야 한다. 그 뿌려진 씨가 모두 싹이 튼다고 단정할 수는 없다. 하지만 사랑의 씨가 모래밭이나 자갈땅에 떨어져서 실패한다는 법도 없다. 왜냐 하면 세상은 사랑을 매우 필요로 하고 있으며, 우리 인간이 사랑을 평가하는 것에 변함이 없기 때문이다.

사랑의 씨를 뿌리는 방법을 하루하루 터득해 가는 것이 삶의 최선의 길이라는 사실을 잊어서는 안 된다. 그러므로 시험 삼아 그대의 마음에 사랑의 씨를 뿌리고 선량함의 물줄기로 가꾸어 사랑의 꽃이 필 때 그대의 삶도 풍요로워진다.

밤이 끝나는 곳에 희망의 길이 시작된다.

나는 밤이 끝나는 곳에 새로운 빛의 희망이 있음을 안다. 어느 쪽에서 먼저 동이 틀 것인가를 알고 있다. 그렇다. 많은 사람들이 하루의 일상을 시작할 준비를 서두르고 있다. 탑 꼭대기까지 거리의 소음이 들려온다. 또다시 태양은 떠오르고 환호 속에 들끓는 군중들은 거리 곳곳을 전진할 것이다.

　– 밤은 어떻게 되었는가? 밤은 어디로 장막을 거두어 갔는가, 파수꾼이여? – 한 세대가 올라오고, 한 세대가 내려가는 것이 보인다. 삶의 무장을, 생의 환희로 든든히 무장을 하고 올라오고 있는 거대한 세대를 나는 본다.

처음도 끝도 모르는 것이 인간이다

걷잡을 수 없는 풍랑. 갑판 위를 사정없이 끼얹는 거센 물결. 추진기의 발을 구르는 듯한 진동. 오! 흐르는 진땀! 터질 듯한 머리 밑의 베개…… 오늘 저녁 갑판에 떠 있는 달은 찬연한 만월이었다. 하지만 불행하게도 갑판에 있지 못해 달빛의 향연을 볼 수 없었다.

파도를 기다리고 있노라면 갑자기 집채 같은 물이 배에 부딪쳐 부서지는 영혼을 뒤흔드는 소리. 숨막힘. 떠올랐다가 다시 떨어지고 – 자아의 무력함. 여기 있는 나는 무엇인가? 병마개 – 파도 위에 떠 있는 하잘것없는 병마개와 같은 존재다. 파도의 망각 속에 몸을 내맡긴다.

사랑은 내 속에 있으면서 내 것이 아니었다

언덕들이 모여서 쉬고 있는 고원지대

날마다 낮이 숨을 죽이는 석양

배들이 밀려드는 바닷가

우리들의 사랑이 잠자러 오는 밤

밤은 넓은 항만처럼 우리들에게로 오리라.

한낮의 지친 상념도

광선도, 우울한 새들까지

거리에 모두 모여 쉬리라.

어두운 그늘의 표정, 고요해지는 수림 속

목장의 잔잔한 물, 수풀 우거진 샘.

그리고 기나 긴 여행에서 돌아오는 귀향

반짝거리는 해변의 작은 반란

정박해 있는 낯선 배들.

우리들은 보리라, 가라앉은 물결 위에

방랑하던 닻을 내린 배가

잠들어 있는 풍경을

우리들에게로 온 밤이

정적과 우정의

넓은 항만을 펼쳐 놓는 노력을

이제는 바야흐로

모든 것이 잠드는 시간이다.

사랑은 깊은 집중의 시간입니다.

봄에 핀 꽃은 겨울 이야기다

여기 또 하나의 낯선 정원이 꿈처럼 펼쳐져 있다. 하늘에 닿기를 바라는 큰 감람나무에 에워싸인 흰 회교 사원이 희미하게 빛나고 있는 버림받은 숲. – 성스러운 숲, 오늘 아침 너무나 피로해진 상념과 사랑의 불안으로 힘을 잃은 나의 육체가 이곳에서 휴식을 찾는다.

덩굴나무들이여! 지난해 너희들을 보았지만, 이렇게 황홀한 여인과 같은 모습으로 꽃 피울 줄은 생각도 못했다.

길고 여린 가지들 사이에 너울거리는 보라빛 등나무꽃. 기울어진 향로 같은 포도송이, 오솔길에 깔린 금빛 모래 위로 떨어지는 꽃잎들. 촉촉한 물소리, 호수에 찰랑거리는 잔물결. 거대한 감나무의 전설, 하얀 스피레꽃의 소망, 우거진 수림, 가시덤불, 장미숲. 이곳에 홀로 찾아와서 지난 겨울을 회상하고 있노라면, 불연듯 몰려오는 옅은 피로감을 시새움이 많은 봄이 놀라지 않게 어루만진다.

왜냐 하면 그토록 아늑한 아름다움이 고독한 자를 손짓하고 미소하며, 작은 욕망을, 인기척 없는 길 위를 지나가는 장난스런 행렬처럼 눈부시기 때문이다.

또 한편으로는 너무나도 고요한 호수의 살랑거리는 물소리. 사방의 깊은 정적은 이 세상에 존재하지 않은 것들을 알려준다.

행복이란 함께 소유할 수 있는 나눔입니다.

사랑은 심한 목마름이다

나는 피곤에 감기는 눈까풀을 시원하게 적셔줄 맑은 샘터를 알고 있다.

성스러운 숲, 나는 그 길을 알고 있다.

그곳의 나뭇잎을, 수목들의 깊은 서늘함을. 나는 가리라, 저녁 무렵, 모든 것들이 침묵을 지켜줄 때. 그리고 미풍의 애무가 사랑보다도 잠으로 이끌어줄 때. 밤이 포근한 나래를 펴자 눈을 뜨는 싸늘한 샘의 의미를. 이윽고 아침이 밝아오자 파르르 떨며 내 모습이 비치는 얼음 같은 물. 순결의 샘.

내가 그곳으로 뜨거운 열정의 눈꺼풀을 씻으러 달려가면 새벽빛이 맞아준다.

내 마음 속에서 투명한 감각들이 엮어진다

나는 이른 아침에 새벽빛을 밟으며 산책을 나선다. 아무 것도 애써 들여다보지 않아도 안 보이는 것이 없다. 우주의 신비로운 심포니가 형성되어 내 마음 속에는 들어보지 못한 감각들이 구슬처럼 엮어진다. 시간이 예정대로 지나간다. 태양이 중천에서 수직으로 내리쬐지 않을 때 걸음이 느리게 되는 것처럼, 나의 감동도 게으른 탓으로 늦춰진다.

이윽고 나는 사람이건 사물이건 열중할 수 있는 대상을 선택한다. — 하지만 움직이는 것을 목표로 한다. 왜냐 하면 감정의 흐름이 멈추게 되면 생기를 잃어버리기 때문이다. 그럴 때면 나에게 찾아오는 새로운 순간마다 아무 것도 보지 못하고 맛보지 못한 또 다른 결과를 생각하게 된다. 마침내 풍요로운 환상을, 걷잡을 수 없는 무지개를 쫓느라고 열중한다.

내 안에서 선서된 것이라면 신앙이라고 불러도 좋다

어제 나는 빛나는 태양을 좀 더 보기 위해 언덕 위로 달려갔다. 태양이 멀어져가는 뒷모습이며, 타는 듯한 구름이 흰 테라스와 정원을 물들이는 광경을 보고 싶었던 것이다. 계곡으로부터 어둠이 쏟아져 내리는 밤이 되면 나무 밑의 암영과 정적을 포착하기 위해 달빛을 하얗게 밟으며 거닐기도 한다. 이때 나는 헤엄을 치고 있는 듯한 황홀함을 느낀다. 그토록 아스라하고 훈훈한 대기가 나를 감싸 안아 신비감을 더해 주었다. 나는 내 삶의 길을 옳게 걷고 있으며 자신을 폭 넓게 다스리는 습관을 간직하고 있다고 믿는다. 그것이 내 안에서 선서된 것이라면 신앙이라고 불러도 무방하다.

눈을 감으면 하늘이 되고 별이 되고 부서지는 바람이 된다

어느 이른 여름철에 내리던 비가 기억에 떠오른다. — 과연 그것이 비였을까? 종려나무가 초록빛으로 아롱진 정원에 무겁게 떨어지던 미시근한 물방울. 니무도 거세게 쏟아져서 잎이며 꽃, 가지들이 마치 사랑의 선물로 바쳐진 화환이 풀어져서 수복이 쌓였다가 물 위에 흩어지는 것처럼 사방으로 휘날리며 떨어졌다. 재빨리 시냇물은 먼 곳으로 번식시키기 위해 꽃가루를 실어갔다. 억세게 쏟아지는 비에 물은 노랗게 변색되어 못 속의 물고기들은 숨이 벅찬 듯 허덕이고, 잉어들이 수면으로 떠올라 입을 열고 가쁘게 몰아쉬는 소리가 무섭게 들려왔다.

목표도 없이 방황하는 것은 청춘의 기쁨이다

그 나무에는 지저귀며 노래하는 새들이 깃들어 있었다. 아아! 그 작은 새들이 그렇게 노래할 수 있으리라고는 생각조차 할 수 없을 만큼 우렁차게 지저귀었다. 온통 나무가 고함을 지르는 것 같았다. ─ 나뭇잎이 모두 일어서서 일제히 소리 지르는 것 같았다. ─ 왜냐 하면 새들이 보이지 않았기 때문이다.

그때 나는 이런 생각을 했다. 새들이 저토록 법석을 떨다가는 죽고 말 것이라고. 너무나 극성스러운 열정이었다. 도대체 오늘 저녁 새들에게 무슨 일이 있는 것일까? 밤이 지나가면 새로운 아침이 태어난다는 사실을 저 새들은 모른단 말인가? 영구히 잠들어 버리게 될까 봐 겁이 나서 그런 것일까? 하루 저녁에 온 열정을 쏟아 사랑을 즐기자는 것인가? 앞으로 끝없이 되풀이 되는 밤 속에서 살아야 하는 숙명을 예감한 것일까?

늦은 봄의 짧은 밤. – 아아! 첫여름 새벽이 그들을 깊은 잠에서 해방시켜 줄 때의 그 막연한 즐거움. 그리고 하루가 너무 즐거워 다시 저녁이 되고 – 밤의 잠 속으로 침몰하여 영영 깨어날 수 없을지도 모른다는 엷은 불안감에 대한 기억이 그들에게 두렵지 않다는 것은 삶의 환희 때문일 것이다.

노인은 청춘을 그림자로 가꾸는 원예사입니다.

빛깔 고운 마술의 숲속이 젊음의 고향이다

시간의 느린 걸음. — 이미 말라버린 지난 계절의 석류 열매가 아직도 가지에 애처롭게 매달려 있다. 완전히 터져서 굳어버린 잔혹함, 바로 그 가지에 새로운 꽃망울이 부풀어 오르고 있다. 산비둘기가 종려나무 사이로 그림자처럼 날아간다. 꿀벌들이 목장 주위를 분주히 날고 있다.

여름! 황금의 열정, 감당하기 어려운 풍만함. 더욱 짙어가는 찬란한 빛의 향연. 사랑의 범람! 꿀을 맛보려는 자, 누구인가? 밀랍 벌집이 열정으로 녹아내리고 있다.

저녁은 생애를 추억하는 무대와 같다

흙으로 그려진 마을의 작은 거리들, 낮에는 장미빛, 저녁에는 보라빛. 대낮에는 인기척이 없어도 어스름이 내리는 저녁이 되면 활기를 띠게 되리라. 그러면 불 밝은 카페에 사람들이 하나씩 둘씩 모여들고, 마지막 수업을 끝낸 어린이들은 학교에서 돌아오느라고 걸음을 빨리 한다.

언제부터인가 노인들은 광장 한구석 돌담에 기대어 이야기를 나누고, 이미 햇살은 기울어진지 오래이다. 베일을 벗고 꽃차림으로 테라스 위에 나타난 여인들은 장황하게 서로의 시름을 이야기할 것이다.

오아시스는 사막 위에 떠 있는 배와 같다

나는 무섭게 보았다. 바람이 저 멀리 지평선 끝에서 모래를 불러일으켜 오아시스를 허덕이게 하는 광경을. 그때 오아시스는 폭풍우에 휩쓸린 한 척의 거대한 배와 같았다. 폭풍으로 쓰러질 듯 몸부림쳤다. 그러자 마을의 좁은 골목길에서는 벌거벗은 한 남자가 열병의 지독한 갈증에 못 이겨 몸을 뒤틀고 있었다.

오아시스! 사막 위에 섬처럼 떠 있는 대지의 마지막 희망이다.

사막은 한 알의 모래로부터 시작된다

모 래 사막. – 거부된 생명. 그곳에는 심한 불볕으로 꿈틀거리는 바람과 더위가 있을 뿐이다. 그러나 모 래는 그늘 속에서 빌로드처럼 보드라와지고, 저녁에는 마 지막 불꽃처럼 타오르다가 아침에는 재와 같은 죽음의 모습 으로 돌아와 있다. 언덕과 언덕 사이에는 하얀 골짜기가 있 다. 우리는 그곳을 말을 타고 건넜다. 순식간에 모래가 우리 들의 발자취를 덮어 버렸다. 갑자기 찾아든 심한 피로에 언 덕이 나타날 때마다 넘을 수 없을 것 같은 고통이 뒤따랐다.

아아! 가장 작은 모래알일지라도 그곳에서 우주 전체를 이야기 해 주기를! 어떤 생애를 추억할 것인가.

행복은 죽음 위에 피는 꽃과 같다

밤에 사막을 걷는 것은 느린 배를 타고 가는 항해와도 같다. 바다의 물결도 사막보다 더 푸르지 못하다. 사막은 하늘보다도 더 밝았다. 사막의 모래알만큼이나 별 하나하나가 유난히 아름답게 보이던 그러한 밤을 나는 알고 있다.

'내 영혼이여, 모래 위에서 너는 무엇을 보았는가!'

자신의 몸에 아주 작은 이를 기르는 즐거움. 우리들에게는 삶이, 나는 바란다. 행복이 죽음 위에 피는 꽃과 같기를.

아름다운 추억일지라도 삶의 잔해에 지나지 않다

이따금 나는 과거 속에서 한 묶음의 추억을 찾아 젊은 날의 이야기를 아름답게 꾸며 보려고 노력해 보지만, 등장하는 인물은 이미 내기 아니며, 다시 태어날 내 모습은 흔적도 없이 사라져 버렸다.

나는 끊임없이 새로운 순간 속에서 등장하는 낯선 인물 같다는 생각에 스스로 놀란다. 때로는 마음을 가다듬고 명상에 잠긴다는 것은 나에게 있어 불가능한 구속이다.

나는 오랫동안 '고독'이란 말의 의미를 잊고 있었다. 스스로 마음 속에 홀로 잠겨 있었다는 것은 이미 내 존재가 아무것도 아니라는 사실을 증명한다. 나는 수많은 분신으로 나뉘어 떠돌고 있을 뿐이다.

그러므로 나는 도처에서 방황하거나 아니면 나의 집에 갇혀 견고한 성을 쌓는 이중의 고통을 겪고 있었다. 그러면 욕망은 나를 가장 궁핍한 자로 몰아세운다.

아무리 아름다운 추억일지라도 나에게는 행복의 잔해에 지나지 않았다. 아주 작은 물방울이라도, 그것이 삶이 가져다준 소중한 눈물방울일지라도 말이다. 그것이 나의 손을 적셔 주면 더 귀중한 현실이 되는 아픔으로 성장한다.

추억을 삶의 등불로 삼을 때 인간은 행복합니다.

물은 인간의 예지와도 같다

곳을 지나며 흘러가는 물은 드넓은 벌판을 적셔주
고 수많은 입술들의 갈증을 해소시켜 줄 것이다. 그
러나 나는 그 물의 현상에 대해 무엇을 알 수 있다는 말인가?
– 나에게 오직 그것은 시원한 맛, 그 순간이 지나가 버리면
타는 듯한 갈증이 다시 찾아오는 간절함 이외에 무엇이 있겠
는가? – 나를 포위하는 쾌락의 외형들, 그대들은 물처럼 흘
러갈 것이다. 또 다시 내 삶에 희망의 물이 흐르게 된다면 영
원히 변함없는 서늘한 맛을 가져다 줄 것을 고대하리라.

끊임없는 강물의 서늘한 기다림이여, 시냇물의 변함없는
물보라여! 너희들은 지난날 피곤한 손을 담갔을 때 닿았던
그 물은 서늘한 맛이 없어져 버리는 물이 아니다. 잠시 내
손에 붙잡힌 물, 그것은 인간의 예지와도 같다. 우리 인간의
역사란 강물의 끊임없는 서늘한 맛을 지니고 있지 못함을
알고 있을 뿐이다.

삶의 마지막 길 위를 달려간 자는 행복하다

나는 흘러간 시간을 회상한다. 돌바닥을 디디던 맨발. 발코니의 젖은 난간에 이마를 기대어 보라. 달빛을 받은 육체는 벅찬 감정에 무르익은 과일처럼 빛나고 있다.

기다림! 그 시간은 우리를 시들게 한다. 지나치게 익어버린 열매들! 심한 목마름과 피로, 타는 듯한 갈증을 더 이상 참을 수 없게 되었을 때, 우리는 작은 열매를 깨물었다. 물크러지는 열매들! 우리의 입 안을 무료와 같은 짐짐한 맛으로 채워주고 한순간 넋까지 어지럽혔다. ─ 아직 젊었을 무렵의 무화과여! 싱싱한 살갗을 깨물어 사랑의 향기가 풍기는 과즙을 더 이상 기다리지 않고 빨아들인다. 그리고 난 다음, 우리들이 괴로운 인생의 마지막 날을 끝마치게 될 그 길 위로 달려간 자들은 행복할 것이다.

꾸민 정원은 인간의 모습만 있을 뿐이다

나는 생각해 보았다. 온 인류가 수면과 쾌락의 갈망 사이에서 애태우고 있는 그 무시무시한 긴장과 집중된 열광 뒤에 찾아오는 육체의 허탈감, 뒤이어 깊은 짐의 유혹에 빠진다.

아! 잠의 바다, 새로운 욕망의 몸부림이 삶을 향해 또다시 우리를 깨워주지 않는다면, 그리하여 온 인류는 지금이라도 고통에 빠져 나오기 위해 잠자리에 누운 채 몸부림치는 병자처럼 꿈틀거릴 뿐이다.

사랑은 창조이지만 미움은 파괴다

시간이 거슬러 갈 수 있는 것이라면, 과거가 돌아올 수 있는 것이라면, 나타나엘이여! 나는 그대와 함께 동행하고 싶다. 젊은날 사랑의 아름다움을 찾아 생명이 꿀처럼 흘러들던 그렇게도 많은 행복을 맛본 것으로 내 영혼이 위로 받을 수 있을 것인가?

내가 그 사랑의 정원에, 다른 사람 아닌 내가 그곳에 머물러 젊음의 나날을 보내고 있었던 것이다. 그때 나는 갈대들의 노래를 들으며 꽃의 향기를 홀로 즐겼다. 나는 어린 영혼을 초대하기도 했다. — 물론 그러한 것들은 새봄이 찾아올 때마다 벌어지는 향연과 똑같은 유희였다. 그 때의 나, 그 타인, 다시 한 번 그 사람이 되어볼 수 있을 것인가?

삶을 선택해서는 안 된다

오! 욕망이여! 너로 하여 얼마나 많은 밤을 잠 못 이루고 보낸 것인가? 많은 나날을 몽상에 잠겨 목적도 없이 보내야만 했다.

오! 저녁 무렵, 안개가, 종려나무 아래서 들려오는 피리 소리가, 오솔길을 따라 걷는 흰 옷이, 뜨거운 빛 가장자리에 부드러운 응달이 깃들어 있다면…… 나는 그곳으로 달려가리라.

흙으로 빚어 만든 작은 등잔! 가벼운 밤바람이 불빛을 흔든다. 창문 밖의 전설 같은 하늘. 지붕들 위에 떠 있는 묘한 밤. 달빛의 소리 없는 함성. 인기척이 끊긴 어둠 속을 뚫고 이따금 마차, 자동차가 지나가는 둔탁한 금속성 소리. 그리고 저 멀리에서 작은 간이역을 지나치는 신호음과 같은 기적의 숨가쁨, 이제 도시는 사람들이 잠에서 깨어나기를 빠르게 기다리고 있다.

하나의 별은 다른 별에 의존하고
다른 별은 모든 별에 의존한다

그녀는 방금 어둠 속에 나타난 별을 향해 눈을 돌렸다. 그리고 속삭이듯 말하였다.

"나는 저 별들의 이름을 모두 알고 있어요. 저마다 이름을 가지고 있답니다. 또 별들은 제각기 다른 힘을 가지고 있지요. 우리들에게는 조용히 보이는 그들의 운행도 사실은 너무나 빠른 것이어서 그 때문에 불타고 있는 거랍니다. 그들의 불안한 열정이 극성스럽게 달리지 않으면 안 되는 원인이고 광채는 그 결과입니다. 하나의 내면적인 의지가 별들을 떠밀면서 이끌어갑니다. 깊이 간직하고 싶은 열정이 그들을 불살라 버리지요. 그렇기 때문에 그들은 빛나고 아름다운 것입니다. 그들은 서로서로 의지하며 덕과 힘의 인연으로 이어져 있습니다. 그래서 하나의 별은 다른 별에 의존하고, 다른 별은 모든 별에 의존하고 있답니다. 별들에게는 길이 정해져 있어서 저마다 제 길을 찾아가지요. 어느 별이라도 다른 별을 길 밖으로 밀어내지 않고서는 길을 바꿀 수 없어요. 어느 길이나 모두 별이 차지하고 있으니까요. 그래서 별들은 자기가 가야 하는 길을 정해야 합니다. 자기가 할 일은 스스로 원해야 합니다. 그래서 우리들 인간에게 숙명적이라고 생각되는 삶의 길도 사실은 별들이 좋아하는 선택된 길이지요. 왜냐 하면 별들은 모두가 완전한 의지를 가진 존재이니까요. 눈부신 사랑이 저들을 인도한답니다. 저들의 선택이 법칙을 결정하는 것처럼 인간도 스스로 만든 법칙에 얽매이게 되지요. 하지만 불행하게도 인간은 그 법칙에서 벗어날 수가 없지요."

자연은 변함없이 순례하는 나그네와 같다

태양의 부름을 받아 대지에서 스며 나오는 새로운 기쁨이 지상을 적시고 있다. 그러한 설레는 분위기에서 넘쳐흐르는 벅찬 공기가 생겨난다.

이미 대자연에 생기가 돌면서 불분명하게 규율이 정해져 가지만 혼돈 상태에서는 벗어나지 못하고 있는 미지의 세계다. 무분별한 법칙에 아직은 황홀한 복잡성이 활기를 띤다.

계절, 호수의 민감한 움직임, 썰물과 밀물, 수증기, 날씨의 순조로운 변화, 바람의 주기적인 이동 등등 자연 속에서 움직이는 모든 사물에 조화의 리듬이 진행된다. 이 세상에서 생명의 기쁨을 만들어 낼 만반의 준비를 갖추고 있다.

그 기쁨의 표현은 신비로울 정도로 생명의 의지에 따라 연초록빛 나뭇잎 속에서 맥박치고 수액이라는 달콤함으로, 혹은 분리되어 꽃의 향기로 대지를 감싸며, 과실의 감미로운 맛을 이루고, 새의 마음이 되고, 태양 광선을 받아 증발되어 또다시 소낙비라는 형태로 닮아가는 자연의 법칙이다. 이렇듯 자연은 변함없이 순례하는 나그네와 같다.

생명을 가지고 삶을 영위하는 존재는 모두 창조자입니다.

생존은 자연의 능력이다

인간이 행복하기 위해 태어났다는 생존의 의미는 자연을 통해 명확하게 가르쳐 주고 있다. 식물에게 싹이 트도록 습도와 적당한 빛과 양분을 제공하고, 벌통을 꿀로 채우게 하는 꿀벌의 지혜, 사람의 마음을 호의와 사랑으로 채워주는 것은 관능적인 기쁨으로 향하는 자연의 능력인 것이다.

신 앞에서 인간은 벌거숭이다

헤아릴 수 없는 광선의 빛줄기가 내 가슴 위에서 교차하여 화려한 빛깔로 맺어진다. 연약한 감각을 모아 기석 같은 빛의 실타래로 의상을 짠다. 신의 웃음소리가 들린다. 그러면 나는 신을 향해 미소를 지어 보인다. 위대한 왕이 죽었다고 외치는 자는 누구인가? 가쁘게 내뿜는 입김 저편에서 나는 그를 보았다. 나는 입술을 그에게로 내밀어 본다. 오늘 아침 나에게 '무얼 그렇게 서두르는가?'라고 속삭인 것은 바로 그가 아니었을까?

나는 마음과 손으로 온갖 너울을 걷어치운다. 내 앞에 빛나는 것, 벌거벗은 것 이외에 무엇 하나 남기지 않고. 신 앞에서 우리는 언제나 벌거숭이다.

인간은 자신의 존재를 사랑하고,
그 존재를 스스로를 즐긴다

나뭇가지에 앉아 즐겁게 노래하는 산비둘기. 바람에 가볍게 떠는 잔가지들. 수목 사이로 반짝이는 바다 위의 흰 돛단배를 기울게 하는 바람, 희끗희끗 포말을 일으키는 물결. 그리고 작고 큰 유쾌한 웃음소리, 모든 것은 자신의 존재를 사랑하고, 모든 존재는 스스로를 즐긴다.

행복은 생기에 찬 색채를 무지개로 칠하는 일이다.

흰 여백의 깨끗한 종이 한 장이 내 앞에서 빛난다. 그리고 하나님이 자신의 형상대로 지은 것처럼 나의 사고도 운율의 법칙에 따른다. 이 완전한 행복의 모습을 재현하는 화가로서 나는 한량없이 약동하며 생기에 찬 색채를 무지개로 전시해 본다.

성실함은 표현되는 순간 거짓이 되어 버린다

나는 새로운 조화를 계획하거나 꿈꾼다. 그것은 보다 더 미묘하고 꾸밈이 없고, 수사법도 없고, 어떠한 증거도 보여줄 수 없는 언어 | 말 |의 예술인 것이다.

아아! 그 누가 내 정신을 논리의 무거운 쇠사슬로부터 해방시켜 줄 것인가? 가장 성실한 감동일지라도 내가 표현하는 순간, 곧 거짓이 되어 버린다.

인생이란 동의하는 것 이상의 가치이다

인생이란 사람들이 동의하는 것 이상으로 아름다운 가치를 지니고 있다. 예지는 이성 속에 있는 것이 아니고 사랑 속에 내재해 있는 가치이다.

아아! 나는 오늘날까지 너무도 조심스럽게 살아왔다. 새로운 법칙을 만들기 위해서는 무법의 상태가 되어야 한다.

오오, 해방이여! 오오, 자유여! 나의 욕망이 다다를 수 있는 한계까지 나는 가리라.

행복하게 되기 위해서는 그 어떤 것도 필요하지 않다

행복해질 이유가 없다고 생각한 순간부터 내 마음 속에 행복이 깃들기 시작하였다. 그렇다, 행복하게 되기 위해서는 아무 것도 필요로 하지 않는다는 것을 확신한 다음부터였다. 이기주의에 곡괭이를 한 번 내리찍어 보자. 바로 나의 심장에서 걷잡을 수 없는 희열이 쏟아져 모든 사람들에게 분배하여 줄 수 있을 것 같았다. 비로소 나는 가장 훌륭한 인생의 가르침은 실의를 제시하는 데 있다는 교훈을 깨달았다. 그래서 나는 행복을 천직이라고 확신하게 되었다.

슬플 동안만큼 상실하는 기쁨을 느낀다

아침 잠에서 깨어나는 순간부터 내 자신이 존재하고 있다는 사실에 놀라 스스로에 경탄을 금할 수 없다. 슬픔의 종말이 가셔나주는 기쁨이 어찌하여 희열의 종말에서 맛보아야 하는 슬픔보다 더 크지 못한 것일까? 그 까닭은 슬플 동안만큼 상실하는 행복을 느끼게 되지만, 그대는 그 행복으로 하여 고통을 잊게 된다는 사실을 까마득히 잊는다. 말하자면 행복하다는 감정은 그대에게 당연한 결과이기 때문이다.

희생 없이는 부활도 있을 수 없다

모든 긍정은 자기희생으로 되돌아가는 감정의 흐름이다. 그대가 자신의 내부에서 포기하는 일은, 새 생명을 찾는 하나의 방법이며, 자신을 긍정하려고 희구하는 자는 스스로를 부정하게 되고, 스스로를 포기하려는 자는 긍정하게 되는 것이다. 완전한 소유란 증여 이외에는 입증되지 않는다. 그대가 줄 수 없는 모든 것은 스스로를 포박하는 것이며, 희생 없이는 부활도 있을 수 없다. 그대가 자신 속에서 보호하려고 애쓰는 노력은 오히려 그대를 위축시키는 상실감이다.

복음서에는 삶의 향락을 금지한 구절이 없다

복음서에 씌여진 문자 가운데 특별히 삶의 향락을 금지한 구절을 찾아낼 수 없다. 그러나 신을 맑은 눈으로 바라보아야 한다는 말은 사실이다. 내 경험에 의하면 이 지상에 존재하고 있는 모든 물건에 대한 소유욕, 즉 자기 것으로 하고 싶다는 강렬한 욕구에 개개인의 마음이 흐려짐과 동시에 전 인류가 투명성을 잃게 되어 신을 느끼지 못하게 되고, 영혼은 피조물이기 때문에 조물주를 버리는 결과가 되어 산다는 것과 신의 나라에서 산다는 것, 모두를 잃는 결과가 된다.

모든 것을 버림으로써 신을 찾을 수 있다

주님 그리스도여! 또다시 당신에게로 돌아왔습니다. 하느님의 형체이신 당신 곁으로. 이제 나는 스스로 마음을 속이기에 너무나 지쳐 있습니다. 광풍같은 방황 때문에 내 소년 시절의 신성한 벗이었던 당신으로부터 멀리 도망쳐 버렸다고 믿고 있었는데, 사방에서 내가 되찾은 것은 바로 당신이었습니다. 아무래도 내 마음이 만족할 수 있는 분은 당신 이외에는 아무도 없다는 사실에 놀랐습니다. 내 마음 속에 있는 악마가 당신의 가르침이 완전하다는 것을 부정하고, 모든 것을 버림으로써만 당신을 되찾을 수 있다는 사실을 악마는 지금도 부정하고 있습니다.

행복해질 수 없는 사람은 어떠한 일도 행할 능력이 없다

이 지상에는 너무도 많은 빈곤과 비탄, 괴로움과 잔악한 사건들로 가득 차 있어 행복한 사람은 자기의 풍요로움을 부끄럽게 생각하지 않는다. 그러나 스스로 행복해질 수 없는 사람은 타인의 행복을 위해 그 어떠한 일도 행할 능력이 없다. 나는 어쩔 수 없이 행복해져야 한다는 의무감을 느낀다. 그러나 남을 해치거나 약탈로 얻는 행복이라면 마땅히 증오해야 할 것이다. 여기서 한 걸음 더 나아가면 비극적인 사회 문제에 부딪히게 된다. 이때 이성의 모든 논거는 물론 코뮤니즘 ㅣ 공산주의 ㅣ의 비탈길에서 인류를 구원할 수 없을 것이다.

나 자신이 행복하려면 만인의 행복이 필요하다

내 사고의 오류는 재물을 가지고 있는 자에게 그것을 분배하라고 요구하는 강박 관념이다. 그러나 재물을 소유하고 있는 자가 영혼까지 버리기를 주저하는데 자발적으로 포기하기를 기다린다는 것은 얼마나 어리석은 일인가. 그리하여 나에게는 독점적인 소유가 참을 수 없는 일이 되었다. 나의 행복은 타인에게 증여함으로써 이루어진다. 그리고 보면 죽음도 나의 손 안에서 대단한 것은 뺏아가지 못하리라. 죽음이 기껏 나에게서 앗아가는 것이 있다면 막연한 재물, 자연적인 재물, 다시 말해서 누구에게나 공통적인 독점하기에는 어울리지 않는 재물인 것이다.

이미 나에게 그러한 재물은 포만 상태다. 그 이외의 재물에 대해서 산해진미보다는 시골 주막의 거친 음식을, 귀한 돌담으로 둘러싸여 있는 아름다운 정원보다는 뜰 안의 작은 꽃밭을, 희귀한 호화판 서적보다는 산책할 때 마음 놓고 가지고 다닐 수 있는 문고판 책을 더 좋아한다. 어떤 예술품을 감상하는데 혼자서 해야 할 경우라면, 그 작품이 아름다울수록 슬픔은 보다 더 즐거움을 앗아갈 것이다.

　나의 행복은 다른 사람의 행복을 증가시키는데 있다. 나자신이 행복하려면 만인의 행복이 필요하다.

죽음 때문에 우리의 삶은 더 깊고 섬세합니다.

기쁨은 행복을 표시하는 최상의 방법이다

이미 오래 전부터 나에게는 기쁨이 비애보다 더 자주 찾아들어서 힘이 들고 더 아름답게 여겨졌다. 이 세상에서 인간이 향유할 수 있는 가장 중요한 것을 발견한 다음부터 기쁨은 나에게 자연의 욕구일 뿐만 아니라 도덕적인 의무까지 향상되었다. 나에게는 그와 같은 관습이 행복을 넓히는 최상의 방법이며, 동시에 스스로가 그 행복의 모습을 표시해야 할 것같이 생각되었다. 그래서 나는 늘 행복하게 되려고 결심했다.

나는 생각한다. 그러므로 존재한다

나는 생각한다. 그러므로 나는 존재한다. '그러므로' 라는 말에서 나는 머뭇거린다. 나는 '생각하고' 존재한다. 이보다 더 참된 말은 없으리라. 나는 느낀다, 그러므로 나는 존재한다. 나는 믿는다, 그러므로 나는 존재한다는 말이 더욱 실감이 난다. ─ 왜냐 하면 '나는 존재한다고 생각한다.' '나는 존재한다고 믿는다.' '나는 존재한다고 느낀다.'라는 의미로 귀착될 것이기 때문에……

존재의 연결은 긴 연쇄의 일부다

삼각형 내각의 합은 두 개의 직각의 합과 같다고 한다. '고로 나는 존재한다.' 그렇다면, '나'라는 말은 확정하기 어려운 답이 된다. 말하자면 그렇다는 뜻으로의 나는 중성이다.

나는 생각한다, 그러므로 나는 존재한다라면, 나는 고민한다, 나는 호흡한다, 나는 느낀다. '그러므로' 나는 존재한다는 말과 조금도 다르지 않다. 왜냐 하면 인간은 존재하지 않고서는 사고할 수 없지만, 사고하지 않고서도 존재할 수 없기 때문이다.

그러나 내가 단순히 느끼고 있는 동안 존재하고 있다고 생각지 않는다. 생각한다는 행위로 자신의 존재에 대해 인식을 해보지만, 그와 동시에 존재한다는 사실을 중지하고 생각하는 존재가 되어버린다.

'나는 생각한다. 그러므로 나는 존재한다.'라는 말 가운데 저울대 역할을 하고 있는 '그러므로'라는 말은 아무 의미가 없다. 저울대 양쪽에 얹어 놓은 것은 똑같이 아무 것도 없다는 뜻이 된다.

그러므로 X는 X와 같다는 답이다. 오직 그것뿐이다. 아무리 뒤집어 보았자 나오는 것은 없었다. 아니, 나왔다. 얼마 뒤에 심한 두통이 찾아왔다. 그러자 산책하고 싶다는 생각이 나왔다.

고통으로 삶의 불을 켤 때 기쁨의 문이 열립니다.

산은 텅 빈 마음이다

우리의 마음을 뒤흔드는 어떤 문제들은 내용에 따라 의미가 다르겠지만, 끝까지 해결할 수 없는 것들이 대부분이다. – 그러므로 우리들의 노력을 그와 같은 문제 해결에 집중한다는 것은 어리석기 짝이 없는 노릇이다.

"나는 행동하기 전에 어째서 내가 이 지상에 존재해야 하는가. 과연 신이 있는가 없는가? 신이 우리를 주관하고 있는가, 어떤가를 알아볼 필요가 있다고 생각합니다."

"알아볼 수 있는 데까지 알아보시오. 그러나 아무 것도 얻을 수 없을 것이오."

실존은 삶의 숲이다

이 지상에 존재하고 있는 모든 사물은 어느 것이나 다 나를 놀라게 하고 두려움을 느끼게 한다. 이러한 나의 두려움과 놀라움의 대상을 숭배하고 부르는데 동의한다. 하지만 아무 소용이 없다! 그러한 것들에게서 당신은 신을 찾아볼 수 없을 뿐만 아니라, 반대로 신이 존재할 수 없을 것이라는 사실, 신은 실제로 존재하지 않는다는 확신, 이는 인간이 불완전한 피조물이기 때문에 창조주에 대한 거역이다.

하나님조차도 도저히 변경시킬 수 없는 뜻을 '신성(神性)'이라고 찬양한다.

괴테의 어느 작품에 나타난 신에 대해 맹목적으로 신앙을 강요하는 사고방식, 자연의 법칙에 배반되는 신. 즉 자기 자신에 배반되는 신, 자연의 법칙에 합일을 이루지 못하는 신은 인정할 수 없다는 인간의 이기주의를 극렬하게 표현하고 있다.

신에게 인간이 필요한 만큼 인간도 신이 필요하다

조심성과 양심, 자애가 인간의 영혼 속에 존재하지 않는다면, 나로서는 상상할 수 없는 황무지에 허망한 삶의 뿌리를 내릴 뿐이다.

만일 인간이 그러한 감정을 자기 자신으로부터 분리시킨 다음, 지극히 이론적인 막연하게 추상적인 대상을 신이라고 규정해 놓는다.

한편 인간은 불완전한 존재이므로 만물 이전의 절대적인 하나의 완전한 존재, 모든 현상은 그 존재에 이유를 부여하기 위해 생성된 것이라는 신화를 창조한다.

무엇보다도 조물주의 우상을 위해서는 피조물이 필요한 존재라고 생각할 수 있다. 왜냐 하면 절대자인 신이 무엇 하나 창조하지 않았다면 창조주의 실체와 의미를 부여할 수 없기 때문이다.

그러므로 조물주와 피조물은 서로 필요에 의해 밀접한

관계가 성립되며, 한쪽 없이는 다른 한쪽도 존재할 수 없다. 신에게 인간이 필요한 것만큼 인간에게도 신이 필요한 존재라는 의미이다. 상대가 없는 사랑은 이루어질 수 없는 것이다.

　그래서 신이 나를 잡고 있고, 나는 신을 붙잡고 있다. 이것이 우리가 함께 존재하는 이유이다. 그러므로 나는 우주 만물과 일치한다.

신은 죽음까지 사랑하는 능력입니다.

봄은 겨울이 떠남으로써 소생한다

세상과 인생에 대한 생존 다툼과 우직한 이해가 인류의 불행을 초래하는 원인의 사분의 삼을 차지한다. 인류의 역사는 과거에 대한 집착 때문에 내일의 기쁨을 오늘의 기쁨에 양보하지 않으면 안 된다. 새로운 시대의 물결이 싣고 오는 경이적인 아름다움은 앞에서 달려가는 물결이 비켜 주기 때문에 있을 수 있고, 꽃은 결실을 위해 시들 의무가 있고, 열매는 떨어져 죽어야 비로소 새로운 개화를 준비할 수 있다.

봄은 겨울이 사라짐으로써 소생한다는 순환의 혹독한 섭리를 알려고 하지 않는 인간의 운명은 슬픈 사건이다.

한 포기 풀잎의 성장도 불변의 법칙을 따르다

들판에 자라는 보잘것없는 한 포기 풀잎의 성장에도 불변의 법칙에 따른다. 그 법칙은 인간의 이론과는 관계가 없다. 진혀 그것에 좌우되는 일이 없다. 히지만 생존의 실험은 얼마든지 되풀이할 수 있으리라.

만일 과오가 있다 하더라도 한층 정밀하고 현명한 방법으로 채택된 관찰, 하나의 영구한 진리, 즉 이성을 이해하고 초월하여 결코 부정할 수 없는 절대자인 신에게 접근할 수 있는 유일한 길이다. 그러한 신에게는 자비심이 결여되어 있을 지 모른다. 그렇다면 당신이 선택한 신 역시도 자비심을 버린 지 이미 오래되었을 것이다.

이 세상에서 인간 이외에 모든 것은 비인간적인 사물이다. 그것만은 감수하지 않을 수 없다. 그리고 그것을 출발점으로 하여 인류의 역사는 다시 시작해야 한다.

금단 현상이 인간을 절망으로 이끄는 끈임을 알지 못했다

인간의 정신을 통해 확신이라는 것을 얻을 수 없다는 확신을 얻은 이래로, 나는 전혀 확신없이 살아왔다. 이와 같은 사실을 알아버린 이상 또 무엇을 해야 할 일이 남아있겠는가? 스스로 확신을 창조할 것인가? 가짜 확신을 받아들여 그것이 가짜가 아니라고 생각해야 할 것인가?

그것이 싫다면 확신없이 지낼 수 있는 방법을 배워야 한다. 이것이 바로 내가 고심한 점이다. 당시 나는 이 금단의 현상이 인간을 절망으로 이끄는 끈이라고 생각하지도 못했다.

자연에 인도되는 모든 지상의 존재를 동경한다

자연계의 모든 노력은 쾌락을 위하여 이루어진다. 자연은 풀잎을 자라게 하고, 나무는 싹을 발육케 하여 꽃봉오리를 피어나게 한다. 화판을 일광의 입맞춤에 제공하고, 생명 있는 모든 것을 혼인으로 초대하고, 우둔한 유충을 번데기로 변하게 하고, 번데기집에서 나비가 나오게 하는 것도 자연의 장난인 것이다. 자연에 인도되어 모든 것은 지상의 존재, 보다 좋은 마음, 진보를 동경한다…… 그런 까닭으로 해서 나는 쾌락 속에서, 서적에서보다 더 많은 교훈을 발견했던 것이다. 그런 까닭으로 해서 나는 서적 속에서, 광명보다도 오히려 난삽을 발견했던 것이다.

자기 탐구를 중지함은 신을 되찾는 선택이다

나는 내 자신에 대해 타인을 향한 것만큼 호기심을 갖고 있지 못했다. 오히려 육체적인 욕망이 은밀하게 작용하여 일종의 감미로운 혼미 상태로 나를 자아 밖으로 밀어내는 것이다. 그러자 나는 내 스스로를 추방시키지 않으면 안 되었다.

자신이 무엇인가를 모르는 한 도덕을 탐구한다는 어리석음은 스스로를 불행 속으로 내모는 행위다. 자기 탐구를 중지한다는 것은, 결국 사랑 속에서 신을 되찾는 소중한 선택이다.

생동의 메아리로 넘쳐나는 행복

나는 마음 속에 깃들어 있는 과묵, 수치심, 조심성, 쾌락에 두려움을 느끼면서, 한편으로 육욕에 탐닉하여 반족감을 얻고 난 뒤에 불안하게 떨고 있는 영혼을 희한으로 끌어가는 감정의 찌꺼기를 걸러 낼 수 없었다.

나의 내면은 생동의 봄으로 가득 차 있어서 인생 행로의 빛과 그림자, 생활의 풍요로움과 궁핍, 그것이 청춘의 메아리처럼 느껴졌다. 이때 나는 예감할 수 없는 벅찬 감동에 불타오르고 있었기 때문에 뜨거운 열정을 다른 사람에게 전해 주고 싶은 갈망은 마치 담뱃불을 남에게 건네줄 때의 작은 만족감 같은 느낌이 주는 행복이라고 말하고 싶다.

자애는 행복의 방사체에 불과하다

나의 눈 속에는 슬픈 광적인 사랑이 빛으로 미소 짓고 있다. 순간, 나는 생각에 빠져들었다. 자애라는 것은 행복의 방사체에 불과하다고. 그리고 나의 마음은 행복하다는 이유만으로 만인을 위하여 내 자신을 받쳐야 한다는 사명감에 사로잡혔다.

사랑이 주는 만족보다는 사랑의 무한함을 더 사랑한다

나이를 먹어감에 따라 정욕의 감퇴를, 일상생활에서 권태감을 느꼈다는 것보다 탐욕에 가득 찬 나의 입술에서 너무도 빨리 쾌락이 사라져 버림을 애석하게 생각하였다.

때로는 나에게 주어지는 이익을 추구한 만큼 가치가 없는 것처럼 여겨져서 갈증을 끄기보다 갈증 그 자체를, 쾌락보다는 그 예감을, 애정의 만족보다는 애정의 무한한 확대를 더 좋아하게 되었다.

삶에 지름길 따위는 없다

종족을 이어가는 동물 중에서 유일하게 인간은 스스로 행복을 추구하는 존재로 자신의 삶을 높이기 위해 극단적인 수단으로 타인을 해치고 짓밟음으로써 쟁취하지만, 인류의 장래를 위해서는 용납될 수 없는 행위다. 그러므로 나는 인간이 이 지상에서 생명을 이어가면서 우주의 조화로부터 받는 행복을 체념해야 한다는 것도 받아들일 수 없다.

남자가 산봉우리라면 여자는 골짜기이다

인간이 약속 받은 땅. 가나안 땅을 망쳐 놓았다는 사실은 신의 얼굴을 붉게 할 만한 사건이다. 이유없이 장난감을 부수는 어린애보다 더 어리석은 행위다.

자신들의 먹거리를 생산하고 있는 목장을 쑥대밭으로 만들어 놓고, 마시는 샘물까지도 흐려 놓는 목동들, 또는 주인집 안팎을 어지럽히는 세인들, 이보다도 더 어리석을 수는 없다.

오오, 도시 주변에 맴도는 서글픔이여! 추악함, 난잡함, 악취로 넘쳐 나는 도시의 그늘이여! 사소한 이해와 작은 사랑만 있다면 그대들이 꾸밀 수 있는 아름다운 정원을 떠올려 본다.

그렇다면 인간은 지상의 낙원을 가꾸기 위해서 식물의 번성을 돕고 만인의 기쁨을 해치는 난폭한 행위를 금지할 때 비로소 풍요로움이 이루어질 것이다.

여가여, 휴식이여! 나는 너희들이 가져다주는 모든 풍요로움을 생각해 본다.

오오, 기쁨의 은총 속에 깃들어 있는 마음의 즐거움을! 그리고 노동을! 믿음이 없는 저주 받은 손에서 구원된 노동, 그 노동의 값진 대가를!

인간이 소유하려는 재산이란 꿈의 조각들입니다.

죽어야 다시 태어날 수 있다는 섭리

감미롭고 쾌락으로 충만한 과일이여! 나는 그대가 싹 트기 위해서는 스스로를 포기해야 한다는 사실을 알고 있다.

'죽어야 한다. 죽어야……'

그대 주위를 감싸고 있는 다정스러움이여, 달콤하고 풍 만한 과육이여! 죽어야 다시 태어날 수 있다. 그대는 땅의 소유물이니까, 흙으로 돌아가야 한다. 그대를 살리기 위해 죽어야 한다. '한 알의 밀알이 썩지 않는다면 홀로 남으리.' 라는 말의 의미를 나는 알고 있다.

오오! 주님이시여! 죽음을 기다림 없이 죽게 하옵소서.

인간은 항상 되풀이되는 기적에 놀라지 않는다

어떤 진화론자가 송충이와 나비 사이에 깊은 관계가 있을 것이라고는 상상조차 할 수 있을 것인가. 만일 오늘날까지 그와 같은 사실이 알려지지 않았다면, 그것들이 서로 관계가 있다고 설명하기에는 많은 노력이 필요하였겠지만 동일체인 것이다. 만일 내가 자연과학자였더라면 수수께끼를 풀기 위해 온 힘을, 모든 의문을 해결하는데 노력하였을 것이다.

이와 같은 변성이 희귀하고 보기 드문 자연의 현상이라면, 우리들을 놀라게 하는 경이적인 사건임에는 틀림없다. 그러나 인간이란 항상 되풀이되는 기적에 놀라지 않는다.

내 영혼의 다양성을 통해서 인간의 불변함을 뚜렷이 느낄 때가 있다. 내 자신이 복잡하다고 느끼는 것도 실은 나 자신이다. 이 불변의 존재를 깨닫고 느끼는 한, 왜 다시 획득하려고 그토록 애쓰는 것일까? 나는 일생을 살아오면서 나 자신을 알려는 것을 거부하여 왔다. 즉 나 자신에 대한 탐구를 거부했던 것이다. 나에게는 이와 같은 행위가, 정확히 말해서 탐구의 결과가 인간의 본성을 제한하여 나약하게 만드는 것처럼 생각되었으며, 한편으로는 인격이 낮고 품위가 손상된 사람만이 자기 자신을 발견하는 일에 몰두하여 일상생활을 공백으로 만든다고 여겼다.

자신을 안다는 것은 그 사람의 발전에 한계를 주는 제약으로 생각했다. 왜냐 하면, 자기 자신을 발견하게 되면, 그것을 지키기 위해 혹독하게 살아가야 하기 때문이다.

자기 완성을 위해서는 길이 없는 길을 걸어야 합니다.

사람의 마음은 늘 예사롭지 않은 것을 쫓고 있다

나는 이따금 본의 아니게 심술궂은 마음으로 남에게 대해 험구한 일이 있으며, 비겁한 마음으로 훌륭한 작품을 완성한 저작자들이 나의 적이 될까 봐 두려운 나머지 서적이나 그림 등 많은 작품에 대해 실제보다 더 높게 찬양한 경우도 있다.

또 한편 나는 전혀 훌륭하지도 않은 인물에게 과장된 미소를 보내며 아무런 내용도 없는 이야기를 무척 세련된 말로 상대에게 아부하기도 했다.

사실은 지루하여 죽을 지경인데도 무척 재미있다는 표정을 짓기도 했다.

사람들이 "좀 더 계시지요." 하고 말할 때면, 그 자리를 떠날 용기가 없었다. 나는 너무나 소심하여 마음이 향하는 곳을 이성으로 조화롭게 정리하지 못한 탓으로 침묵을 지켜야 하는 경우에도 지나치게 필요 없는 말을 많이 할 정도였다.

때로는 남을 설득시키기 위해 어리석은 짓도 하지 않으면 안 되었다. 나는 내가 꼭 해야 한다고 생각하고 있는 일을 남이 알아주지 않을 것이라고 미리 단정하고는 행하지 못한 일도 많다.

명상에 잠기면 당신이 바로 목적지임을 깨달을 수 있습니다.

돌아오지 않는 시간에 대한 후회는 어리석은 그리움이다

돌 아오지 않는 지난 시간에 대한 후회는 어리석은 노
인의 몫이다. 이렇게 말은 하고 있지만, 나는 그와
같은 어리석은 짓을 지금도 변함없이 되풀이하고 있다.

여러분은 이러한 후회하는 마음이 사람의 영혼을 신에
게 인도하여 주는 것으로 생각하고 계시겠지만, 나의 어리
석은 행위에 용기를 주고 있는 것 또한 사실이다. 그러나
여러분은 나의 후회를 회한으로 오해하고 있는 것이다. 내
가 지금 고민하고 있는 것은 '행하여지지 않은 행위'에 대
한 후회다.

젊은 날, 내가 할 수 있는 일들, 꼭 했어야 할 일들, 무엇보
다도 도덕적인 방해를 받아 이루지 못한 일에 대한 후회인
것이다. 그러나 지금은 믿을 수 없는 도덕성에 방해를 받아
행하지 못한 것이 더욱 괴로운 일이 되어 버렸다.

사랑은 심한 목마름과 깊은 굶주림을 가지고 있다

여러분이 유혹이라는 부르는 부정적인 세계, 내가 유혹이라고 부르는 긍정적인 세계. 지금 우리가 애석하게 여기는 점은 바로 상반된 유혹에 대한 견해다. 오늘 내가 후회하는 일이 있다면 유혹에 몸을 내 맡겼기 때문이 아니라 수없이 많은 유혹에 저항했기 때문이다.

나는 너무나 늦게 유혹에 탐닉한 나머지 삶에 대한 매력을 잃고 약삭빠르게 영리를 쫓아 속임수를 배우기 시작하였을 때, 나는 그것을 맹목적으로 뒤쫓아 갔다.

누구인가를 사랑할 때 욕망은 음식과 같은 것이다

나는 후회한다.

나의 청춘을 어둡게 하였다는 것을,

현실보다도 공상을 더 좋아했다는 것을,

인생에 등을 돌렸다는 것을.

나의 존재는 공간과 시간이 만나는 지점이다

지금 내가 서 있는 공간의 한 지점에, 바로 이 순간에 한 점과 같은 위치를 점령하고 있다. 이때 나의 존재는 공간과 시간이 십자형을 이루고 있는 지짐으로 밖에는 생각되지 않는다. 나는 두 팔을 힘껏 벌려본다. 나는 말한다.

'저쪽이 남쪽이고, 이쪽이 북쪽이라고……'

나는 결과이다. 그러므로 나는 원인이 될 수도 있는 것이다. 결정적인 원인이 될 수도 있다. 두 번 다시 있을 수 없는 기회! 나는 존재한다. 그래서 나는 존재 이유를 찾아내고 싶은 것이다. 나는 알고 싶다. 왜 내가 살고 있는가를.

미래는 단순한 과거의 반복이 아니다

남에게 어리석게 보이지나 않을까 하는 두려움 때문에 많은 사람들이 비겁한 짓을 저지르게 된다.

용기에 가득 차 있다고 자신감에 넘쳐 있는 청년들의 의욕, 그들의 신념에 부과된 유토피아라는 그 한마디가 상식인의 눈에 몽상가로서 비추어질까봐 두려운 마음으로 순식간에 뒤흔들렸던 것일까.

인류의 발전과 번영은 현실적인 그 모든 것이 실현된 유토피아로 이루어지지 않는다는 사실을, 미래가 단순한 과거의 반복이 아니라는 사실을, 만일 그것이 진실이라면 더 이상 나 자신으로부터 해방되어 산다는 기쁨을 앗아갈 힘이 있는 또 다른 사상은 있을 수 없다.

그렇다. 발전 가능성이 없다는 인생은 나에게 아무런 의미도 주지 못한다.

나의 저서 『좁은 문』에서 알리사는

"아무리 행복하다 하더라도 발전이 없는 상태는 무의미합니다. 발전이 없는 기쁨은 경멸의 대상일 뿐입니다." 라는 말은 바로 내 자신의 마음을 나타내고 있다.

만일 그대가 생을 지나치게 사랑한다면, 그것은 죽음에게 감금당하고 있다는 것을 잊어서는 안 된다. 살아 있다고 하더라도 죽음과 동일한 것이 삶의 여정이다. 그러므로 생에 대한 번뇌로 채워져 있는 사람은 죽은 사람과 같다.

시간의 끝에 당신의 삶과 나의 삶이 매달려 있습니다.

사소한 동정과 위안은 행복에 대한 갈증이다

가능한 신뢰와 안락과 기쁨을 가지고 산다는 것은 미래의 나에게 없어서는 안 될 행복의 요소이며 욕구가 되었다. 마치 남의 행복을 가지고 나 자신의 행복을 이루려는 헛된 노력을 얼마나 더 계속해야 하는가. 사소한 동정과 작은 위안으로 느껴야 하는 행복은 갈증과 같은 것이었다. 그러나 그 행복마저 해칠 수 있는 사항이 나에게는 증오해야 할 대상으로 여겨졌다. 그것은 다음과 같은 것들이었다. 수줍음, 낙담, 몰이해, 험구, 꾸며낸 과장된 불행, 비현실적인 것에 대한 동경, 당파, 계급, 국민, 종족간의 반목, 자기 자신을 타인으로부터 적이 되게 하는 것, 불화, 긴장, 위협, 거절 등등이다.

죽음 앞에서 모든 것이 완성된다

나는 인간의 번영을 감소시키는 그 모든 요소를 미워한다. 즉 인간의 예지를 상실케 하고 자신을 잃게 하고, 민첩성을 잃게 하는 독소와 같은 것들을 저주한다. 왜냐 하면 예지라는 감성은 완만함과 의혹을 수반하는 지혜라고 생각하지 않으니까. 그것은 내가 예지란 노인보다도 어린아이에게 더 많이 내재해 있다고 믿는 까닭이다.

과거를 거부함으로써 인류의 발전은 가능하다

여러분은 인류의 행복을 과거에의 애착에서 찾아내려고 애쓴다. 그러나 과거를 거부함으로써 과거 속에서 소용이 없는 부분을 거부함으로써만 인류의 발전은 가능한 것이다. 그런데 여러분은 전혀 발전을 믿으려 하지 않는다. 여러분은 '과거에 있었던 일이 곧 이후에도 계속될 것이다'라고 말한다. 나는 생각해 본다. 즉 과거에 있었던 일은 두 번 다시 계속되어서는 안 된다고 말이다. 인간은 이전에 자기를 보호해 주던 것, 차후에는 자기를 억제하는 것으로부터 조금씩 벗어나게 될 것이다.

작은 등불을 삶의 별로 삼을 때 인간은 행복하다

숨을 쉰다는 것은 살아 있다는 증거로 밖에는 생각할 수 없다. 나의 정신은 창조하고 건설하기 위해 일할 뿐이다. 그러나 나는 내가 사용할 재료를 시험해 보지 않고 서는 그 어떤 것도 구성해 볼 수 없는 불안한 존재다.

유학자적인 관념, 주의 등등 하나하나를 세심하게 확인하지 않고서는 나의 정신은 그 어떤 것도 받아들이지 않는다.

또한 나는 소리가 맑은 음성이 가장 공허한 말이라는 사실을 잘 알고 있다. 그래서 큰 소리 잘 치는 사람, 덕행가, 사도를 불신한다. 한편으로는 그들의 말을 곰곰이 생각해 보기도 한다.

나는 그대의 덕행 속에 숨어 있는 교만을, 애국심 속에 숨어 있는 이해 관계를, 그대의 애정 속에 숨어 있는 육체의 욕망과 이기주의를 알아보고 싶다.

아니다, 진실만을 사랑하였으므로 작은 등불이 별이라고

인정하지 않더라도 나의 하늘은 결코 어두워지지 않을 것이다. 내가 유령들에게 인도되기를 동의하지 않는다 해도 결코, 나의 의지는 약해지지 않을 것이다.

사소한 동정과 위안은 행복에 대한 갈증입니다.

인류의 목표는 슬기로운 지식의 발전이다

나 역시도 플로베르처럼 발전이라는 우상 앞에서 미소를 짓거나 조소를 보낼 수 있다. 그 까닭은 오늘날까지 발전이라는 목표가 우리들에게는 하찮은 신의 존재와 같은 것으로 제출되었기 때문이다.

상공업의 발전을 비롯하여 문화에 이르기까지 특히, 미술의 발전이라는 세평은 얼마나 우스광스러운 촌극과 같은 일인가. 정말 중요한 것은 슬기로운 지식의 발전이다.

특히 나에게 중요한 것은 인간 그 자체의 발전이다.

인간은 저마다 하나의 가능성이다

개조해야 할 대상은 이 세상뿐만 아니라 인간도 예외는 아니다. 그렇다면 새로운 인간은 어디서 어떻게 나타날 것인가? 그 변화는 외부에서가 아니다.

벗이여! 그대 자신의 내부에서 발견하여 탄생시켜야 한다. 거친 광석에서 세련된 금속을 뽑아내듯 그대 자신이 새로운 인간으로 거듭 태어나야 한다. 그대 자신의 안에서 그것을 얻어라. 그대가 존재함으로써 이루어질 것이다. 자기 자신을 비하시켜서는 안 된다.

사람은 저마다 놀랄만한 가능성이 있다. 그대의 힘과 그대의 젊음을 믿어라. 끊임없이 '모든 일은 나 자신에 달렸다'라고 되풀이하기를 잊지 말라.

인간의 미덕은 자기 희생에서 완성된다

첫째 미덕은 인내다. 단순한 기대와는 전혀 다르다. 그것은 고집과 일맥상통한다. 모든 미덕은 자기 희생에 의해 완성된다. 그래서 때로는 참다운 웅변까지도 포기한다. 개인은 자기 자신을 망각할 때 비로소 자기를 긍정하는 것이다. 자기 생각에 몰입하는 자는 자기를 부정하는 사람이다.

미인이 자기가 아름답다는 사실을 모르고 있을 때처럼, 나의 마음을 황홀하게 해주는 일은 없다. 가장 감동적인 아름다움은 체념한 상태의 아름다움을 말한다.

그리스도는 스스로 신성을 포기함으로써 하나님이 되었다. 한편 스스로를 포기함으로써 하나님은 스스로를 창조하셨다.

삶에는 리듬이 있다. 그러나 죽음에는 리듬이 없다

죽음은 우리를 깊은 잠 속으로 유인하지 않고는 목을 졸라매는 일은 없다. 죽음이 우리를 생명으로부터 떼어놓는 비밀한 작업은 존재와 진실성까지도 거부한다. 그것은 색채를 잃은 세계이기 때문이다.

죽음으로 하여 세상과 헤어져야 한다는 사실은 그리 대수로운 고통도 아니며 유감스러운 사건도 아니다. 그러므로 인간은 일회적인 존재이며, 자연의 일부분임을 깨달을 때 삶은 죽음으로 가는 하나의 방법일 뿐이다.

그래서 나는 죽는다는 사실을 그렇게 어려운 일이 아니며, 지극히 자연스러운 현상으로 생각한다. 왜냐 하면 궁극에 가서는 생존해 있는 모든 생물은 예외 없이 소멸되기 때문이다.

무엇보다도 한 사람의 죽음으로 인류의 번성이 끝나는 것이 아니라면, 요컨대 죽는다는 단절도 습성화된다면 특별한 것이 아니라고 생각된다.

하지만 죽음은 자신의 일생을 충족시키지 못한 사람에게는 견디기 어려운 고통이다. 그러한 사람에 대해 종교는 지나치게 즐거운 모습으로 말한다.

"걱정하지 말라. 참된 생활은 저승에서 시작되는 것이니까. 그리고 그대는 보상을 받으리라."

그러나 인간이 행복을 추구하며 살아야 하는 곳은 바로 이 세상이다.

긍정은 자기 희생으로 되돌아가는 삶의 흐름입니다.

신을 만든 그 순간에 악마도 만들어진다

친구여! 아무 것도 믿지 말자. 증거 없이는 아무 것도 받아들이지 말자. 순교자들이 흘린 피도 무엇 하나 입증되지 못하였다. 아무리 형편 없는 종교라 할지라도 순교자는 있었으며 열렬하게 귀의한 신자도 있었다. 신앙이라는 이름으로 사람은 죽고 신앙이라는 이름으로 살인까지 한다. 그러므로 알려고 하는 욕망은 의혹에서 시작된다. 믿기를 멈추고 깨달아라. 증거가 없는 일이라면 사람은 무책임해진다. 속지 말자. 강요하지 말자. 친구여!

인간의 고통은 숙명적인 것도 필연적인 것도 아니다

인간의 욕망과 야망이 보다 덜 무모하다면 전쟁의 대가로 받는 고통은 약화된다. 그리고 남에게 보다 덜 잔인하다면 대다수의 사람들은 빈곤으로부터 많은 혜택을 받을 수 있다. 이는 결코 가공적인 말이 아니다.

한편 인간의 고통은 숙명적인 것도 필연적인 것도 아니다. 오직 인간의 의식에서 좌우된다. 인간의 능력으로는 해결할 수 없는 불가항력적인 것들에 대해서는 운명으로 받아들인다. 하지만 인간의 노력은 처절하다.

우리가 병에 걸리면 약이란 물질을 발명하여 생명에 도전한다. 그러므로 인간이 오늘보다 내일을 위해 건강하고 보다 슬거운 생활을 영위할 수 있다는 것, 오늘날 우리를 괴로움으로 갇히게 하는 불행의 책임이 자신에게 있다는 사실을 믿지 못하겠다는 나약한 변명은 궁극적으로 삶에 대한 회피다.

결코 인간은 외딴 섬처럼 존재할 수 없다

사 람들은 이 세상에 태어나면서 처음 입었던 배내옷에 특별한 애정을 간직하고 있다. 그러나 인간은 그 옷을 벗어 던지지 않고서는 성장할 수 없다.

젖을 멀리한 어린애가 어머니의 유방을 거부하였다고 하여 배반 행위는 아니다. 그에게 필요한 것은 젖이 아닌 향상된 목표가 있기 때문이다.

벗이여!

그대는 인간에 의해 증류되고 여과된 이 전통적인 젖 속의 양분만을 의지해서는 안 된다. 성장과 더불어 물어뜯고 씹기 위해 이가 자라고 있다.

진실한 삶을 유지하려면 끊임없이 먹이를 찾아내야 한다.

벌거숭이 두 발로 힘껏 일어서라. 앞받침을 찢어라. 곁에서 돌봐주는 후견인을 몰아내라. 꿋꿋하게 자라기 위하여 그대는 이미 용솟음치는 수액과 태양의 부름 이외에는 그 어떤 것도 필요치 않다.

　그리스의 우화를 깊이 이해하라. 그것은 우리에게 아킬레스가 어머니 | 바다의 여신 테티스 |의 손가락으로 상처를 받은 그리운 추억보다도 불사신이라는 것을 가르쳐 준다.

생을 버릴 때 죽음으로부터 해방될 수 있습니다.

어디에 가 닿겠다고 노력하면 그 만큼 불행해진다

비애여, 나는 너에게 굴하지 않는다! 비탄과 흐느낌 사이로 울려오는 낮은 노래 소리는 영혼을 흔든다. 그러면 노래 가사를 내 마음에 맞게 만들어 위안의 노래를 불러라.

벗이여!

내가 너의 간절한 이름과 용감한 마음으로 응답할 사람들의 부름으로 가득 채우는 노래를 부르고 싶다.

숙인 이마여. 반듯하게 쳐들어 보려무나!

무덤을 향하여 기울어지는 허망한 시선이여, 쳐들어 보려무나! 공허한 하늘이 아니라 저 대지의 지평선을 바라보며 힘껏 일어서라. 용감하게 다시 태어나서 죽은 자들의 악취가 진동하는 황무지를 떠나고 싶어하는 벗이여, 너의 희망이 부르는 곳을 향해 힘껏 달려가라.

지난날의 어떠한 애정에도 머물러서는 안 된다. 미래를

향하여 돌진하라. 삶을 꿈과 연결시키지 말고 현실 속에서
영혼의 시(詩)를 찾아내도록 하라. 현실 속에 시가 부재중
이라면 그대의 삶 속에서 시를 가꾸도록 하라.

불행한 삶을 꿈과 연결시키지 말고 현실 속에서 영혼의
시를 찾아낼 때 우리는 행복합니다.

결과라는 것은 갈망할 때 온다

쾌유되지 않는 갈증, 미래에 대한 현기증, 때때로 엄습해 오는 전율, 허황한 기대, 막연한 피로감, 결코 해결되지 않는 불면증…… 이러한 모든 비정한 것들을 그대는 모르겠지만, 아아! 벗이여, 나에게는 얼마나 절실한지! 온갖 열매가 달리는 황금의 가지를 나는 그대의 손에, 입술에 닿을 수 있게 굽혀 줄 것이다. 고통과 번민의 장벽을 무너뜨려 질투심에 눈 먼 몰이배가 그대 가는 길목에 세워 놓은 '출입금지. 사유물'이라고 표시해 놓은 푯말을 부수어 주겠노라. 너의 숙인 이마를 높이 추켜올려 주리라. 너의 심장을 증오나 선망으로써가 아니라, 벅찬 애정으로 가득 채워줄 것이다.

그렇다, 나는 그대에게 바람의 애무를, 태양의 빛을, 인생의 모든 행운에의 초대를 받아들일 수 있도록 도와줄 것이다.

무쇠가 불길 속을 지나면 강철이 된다

오, 나는 지금 그대에게 이 글을 쓰고 있지만, 지난 날 내가 나타나엘이라고 너무도 서글픈 이름으로 부르던 그대, 지금은 그대의 마음 속에 무엇 하나 서글픔을 허용해서는 안 된다. 탄식을 잊는 방법을 배워라. 그대 스스로가 얻을 수 있는 것을 남에게 청해서도 안 된다. 오직 그대의 행복으로 만인의 행복을 증가하게 하라. 일을 하라. 과감히 투쟁하라. 다시 일어서라. 그런 그대를 변하게 할 수 있는 악을 절대로 받아들여서는 안 된다.

단 한 번이라도 예지가 체념 속에 있는 것이라고 생각한 기억이 있다면, 즉각 신을 거부하라.

진정한 삶이란 강물과 같은 모습이다

벗이여, 주위 사람들이 그대에게 추천하는 맹목적인 인생을 받아들이지 말라. 그러나 인생이 보다 아름답게 될 수 있다는 믿음을 버리지 말라. 그대의 인생도 타인의 인생도 행복을 방해하는 어떠한 행위도 하지 말라. 현세에서 미리부터 내세를 말하는 것이 아니다. 현재의 삶의 괴로움에서 견디어 내도록 우리를 위로해 주고 도와줄 그러한 구미에 맞는 내세는 없다. 그러한 미래를 꿈꾸지 말라.

인생에 있어서 고통의 모든 책임은 신에게 있는 것이 아니라 인간 자신에게 있는 것을 알게 된 그날부터, 그대는 고통의 편에 서지 않을 것이다.

우상에게 제물을 바치지 말라.

내 자신의 속박으로부터 벗어날 수 있을 것인가

지금 나는 자신의 과거 때문에 몹시 괴로워하고 있다. 어제까지 나 자신이었던 사실에 의해 결정할 수 없는 행위란 오늘의 나 자신에게는 아무런 의미가 없다. 그러나 이 순간 나 자신을 되찾을 수 없다는 속박으로부터 도피하고 싶은 것이다. 아아! 어떻게 하면 나 자신으로부터 빠져나갈 수 있다는 말인가!

우선 나는 내 자존심이 몰아넣는 속박이란 울타리를 뛰어넘으리라.

아직 부과되지 않은 의문으로 하여 믿지 않기로 했다

나의 충실한 사고여! 예기치 않은 시원한 바닷바람이, 산에서 불어오는 바람이 그대의 비약을 실어다 줄 것인가? 작은 날개를 파닥거리며 오돌오돌 떨고 있는 파랑새여, 지금 너는 험한 바위 끝에 앉아 있다. 이것이 바로 현재가 그대에게 한껏 허용한 진출이다. 벌써 그대의 눈초리는 날아서 미래 속으로 도망치고 있다.

오오, 새로운 불안이여! 아직 부과되지 않은 의문이여! 어제의 고통이 나를 지치게 하였다. 나는 삶이란 고배를 마셨다. 이제부터 나는 모든 것을 믿지 않기로 결심했다. 미래의 깊은 구렁텅이를 들여다보는 또 다른 눈을 가지게 되었다.

이 책을 끝내면서

나타나엘이여! 이제는 나의 이 책을 서슴없이 던져 버려라. 그리하여 너 자신을 해방시켜라. 나를 떠나라. 나에게서 미련 없이 떠나가라. 이제는 네가 귀찮고 거추장스럽기까지 하다. 너에게 맹목적으로 기울여 온 사랑이 나의 마음을 너무나 지치게 했다. 누구를 교육하고 사랑하는 일에 얼마나 많은 후회의 나날을 보낸 것인가.

그대가 나를 흠모하여 존경하기를 바라노라고 요구한 적이 있다면 서슴없이 비판해 주기 바란다. 내가 그대를 사랑한 것은 그대가 나와 다르기 때문이다. 나는 그대 속의 나와 다른 점만을 사랑한 것이다. "교육이라니!" 나 자신 이외의 누구를 내가 교육할 수 있단 말인가!

나는 끊임없이 나 자신을 교육하여 왔다. 지금도 계속 진행 중에 있다. 오직 내가 할 수 있는 일에 삶의 가치를 인정하는 것이 나의 바램이며 교육의 목적이었던 것이다.

이 책 『지상의 양식』은 『성서』나 노자의 『도덕경』처럼 시의 형태로 구성된 산문체로 씌어져 있다. 지드 자신이 깊은 애정과 불만을 토로하고 있을 만큼 이 책은 그의 전 작품 중에서 가장 중요하게 평가를 받고 있을 뿐만 아니라, 한 세대를 거쳐 오는 동안 젊은이들에게 많은 영향을 주었다.

'이 작은 책에 씌어 있는 그 어느 내용보다도 그대 스스로가 모든 것에 깊은 관심과 흥미를 가지도록 바라는 마음 간절하다.'

책의 첫말에서 밝히고 있듯이 모든 것에 대한 폭넓은 관심과 행동의 지평선을 열어줌으로써 그들로 하여금 삶의 풍요함과 다양한 세계를 발견토록 인도하는 젊은이들을 위한 책이다.

시적인 간결한 문체로 젊은이들 특유의 열정, 욕망, 본능의 개방과 순간을 충족시키기 위한 이단적인 관능의 도취에 대해 타오르는 듯한 격렬함을 표현하고 있는가 하면 충족의 쾌감을 더욱 높이는 금욕과 기다림과 주림과 갈증의 찬가들이 빛나고 있다.

'나타나엘이여! 이제는 나의 이 책을 서슴없이 던져 버려라. 그리하여 너 자신을 해방시켜라. 나를 떠나라.'

이 책의 끝을 마무리 하면서 지드는 미지의 독자 나타나엘에 대해 자신의 깊은 흔적을 남긴다. 그는 스스로 '문학이 소란스럽도록 조작적이며 폐쇄적인 냄새를 풍기는 시대'에 쓴, '회복기에 있는 환자의 작품'이며, 그 자신도 이미 거기서 벗어난 지 오래된 인생의 한 여정에 불과하다고 밝히고 있다.

무엇보다도 중요한 것은 같은 시대를 살았던 세기의 사상가, 작가들인 몽테롤랑, 까뮈, 사르트르에 이르기까지 이 책을 통해 은밀한 영향을 받았음을 우리는 감지할 수 있다.

지드의 생애(Gide, André 1896~1951)

앙드레 지드는 1869년 11월 22일에 파리에서 출생하여 신교와 구교가 복합된 가정에서 성장하였으나 아버지의 고향 세반느에서 유년시절을 보내 신교의 영향을 많이 받은 것으로 보인다.

그의 부계(父系)는 프랑스 북쪽의 험준한 산간지방의 부유한 농민으로 엄격한 신교의 규율 속에 살아 온 가문으로 아버지 폴 지드는 파리대학의 법학교수이며, 숙부 샤롤르 지드는 당시의 유명한 경제학자였다.

한편 그의 모계(母系)는 풍요로운 노르망디의 법관 계통의 가문으로 엄격한 종교적(구교) 전통과 부르조아 정신이 결합된 다소 폐쇄적인 환경이 지배적이었다.

가정교육은 형식적으로 만점이었을 것이지만, 몸에 젖은 반항적 사고방식과 그의 예민한 감성은 일찍부터 반항과 반발과 불안정한 성격으로 키워졌을 것이다.

11세 때 아버지가 죽자, 어머니 줄리에뜨의 맹목적인 애정에 유폐당하며, 한편으로 큰어머니 클레르와 가정교사 안나 샤클톤, 이들 세 여인이 그의 환경을 꾸며 주었다.

그는 풍요로운 전원을 벗으로 삼아 방황하며 꿈꾸면서 자란 부유한 환경은 불규칙한 생활로 이어졌고 가난한 사람들의 빈곤을 이해하지 못하는 기인한 성장기를 보냈다. 일찍부터 악동으로 소문난 그는 유치원에서 퇴학 처분을 받는가 하면, 학교 공포증으로 하여 중학교에서까지 학업을 포기하는 사태에 이른다.

이렇게 성장한 지드는 16세 때에는 오만과 편견이 혼합된 성격의 소유자로 죄악으로 범람하는 세상의 풍경에 또 한 번 놀라면서 몽상의 세계를 일기로 쓰기 시작한다.

이미 시를 좋아하여 위고, 보오들레에르, 쉴리, 특히 하이네의 시에 심취한다. 그리고 15세에서 20세까지 그가 가장 즐겨 읽은 책은 『성경』과 『천일야화』였다. 18세 때 루이스(P. Louys)를 알게 되면서 그에게서 자극을 받아 창작에 몰두하기 시작했다.

1891년 사촌 누이 엠마누엘의 이야기를 『앙드레 왈떼르의 수기』로 엮어 발표하였다. 이 작품의 내용은 사춘기 소년의 정신과 육체의 갈등을 소재로 하고 있다. 그는 이 책을 발표할 출판사를 찾지 못해 결국 어머니의 도움을 받아 자비 출판으로 세상에 내놓았으나 팔리지 않았다.

그 후 말라르메를 스승으로 삼고 상징주의 영향을 받아 몇 편의 소품을 발표했으나 사람들의 주위를 끌지 못했다.

그의 최초 본격적인 소설은 『배덕자』였다. 내용은 자기 자신의 향락을 위해 사랑하는 아내의 생명까지 희생시키는 비극적 소재를 줄거리로 하고 있다. 이 작품으로 하여 문단에 확고한 지위를 얻는 계기가 되었다.

그의 전 생애를 통하여 대표적인 작품 『좁은 문』은 그 내용이 세계에서 가장 아름다운 소설의 하나로 일컬어지고 있다. 주인공 알리사가 순결한 신앙을 보존하기 위해 그녀의 육체를 끝까지 지킨 순결의 성과는 육체의 고민뿐이며 정신적으로는 이미 제롬에게 몸을 허락하고 있다는 윤리적 파괴를 선언하고 있다. 이는 신에 대한 인간의 부정을 의미한다.

소설 『교황청의 지하도』에서는 인습적인 도덕을 초월한 자위행위가 충동적으로 동기 없는 살인을 하는 한 청년을 묘사하고 있다. 세계1차대전 중에는 『전원 교향악』을 발표한다. 목가적인 달콤한 소설로 읽혀지지만, 실은 목사의 눈먼 소녀에 대한 인간애가 육체를 탐닉한 가면이었다는 사실을 말함으로써 신앙의 허위성을 폭로한 작품이다.

1925년 그의 도덕성과 예술의 집대성인 장편소설 『사전

꾼들』을 발표한 다음, 일백 명의 인부를 대동하고 콩고로 여행을 떠난다. 이때 그가 쓴 『콩고기행』은 큰 세론을 불러일으켰고, 『소련기행』에서는 소련과 공산주의 맹독성을 비판하였다. 이때 그의 관심은 사회문제로 시선이 돌려졌다.

이 무렵 지드는 창작력의 고갈을 겪으면서 인간의 성실성과 위선을 소재로 한 3부작 『여인학교』·『로베르』·『즈느비에브』를 발표한다. 그는 예민한 문예비평가로서 많은 평론을 썼으며, 그 중에서 『도스토예프스키』는 한 작가의 연구에 새로운 국면을 열어준 명저로 평가 받고 있을 정도이다.

한편 20세기 전반의 프랑스 문단에 돌풍을 예고하는 『N. R. F』지의 유력한 지도자로서 중요한 역할을 담당하였다. 1989년부터 1949년까지의 『일기』는 악의적인 소년시절과 파괴적인 청년시절을 벗어난 이후 성실하게 생을 일관해 온 엄격한 자기 반성의 기록이며, 그의 생활과 모든 작품의 수수께끼를 푸는 중요한 열쇠가 된다.

1947년에 노벨문학상을 받았으나 20세기의 대가 중에 지드만큼 다른 평가를 받는 작가도 찾아보기 어렵다.

그는 늘 인생을 뒤집어서 보았다. 그래서 신에게까지 항거한다. 그것은 더 진실한 신, 즉 진실한 인간을 찾기 위한 고독한 작업이었다. 인간성의 자유를 추구한 개인주의자로서 20세기에 남긴 문학적 업적을 크게 인정받고 있다.

지상의 양식

개정판 2016년 4월 20일 개정판

지은이 앙드레 지드
엮은이 김봉래
발행처 문지사
발행인 홍철부

등록일자 1978년 8월 11일
출판등록 제3-50호

주소 서울특별시 은평구 갈현로 312
전화 | 영업팀 02)386-8451(代)
　　　 | 편집팀 02)386-8452
　　　　 팩　스 02)386-8453

정가 **12,000원**